文春文庫

寝台特急「ゆうづる」の女

十津川警部クラシックス

西村京太郎

文藝春秋

目次

寝台特急「ゆうづる」の女

十津川警部クラシックス

第一章　Ａ２寝台

1

来年の三月で、青函《せいかん》連絡船が消えると聞いて、新井修《あらいおさむ》は、急に、乗ってみたくなった。

新井は、さほど、鉄道マニアというわけではなかったし、船のマニアでもなかった。

「列車や船より、女の方がいいね」

と、笑いながら、いう男である。

三十歳で、独身。南青山に、イタリアンレストランを二年前から持っている。

一応の儲《もう》けもあり、スポーツ・カーを乗り廻し、店の近くのマンション住まいで、優雅な独身生活といえるだろう。

美男子というのではないが、長身で、スポーツマンタイプである。女にももてた。

三十歳になって、まだ、独身でいるのは、そのせいかも知れなかった。

その新井が、青函連絡船に乗ってみようと思い立ったのは、連絡船に対する思い出とカメラのせいである。

新井は、北海道の茂辺地《もへじ》で生まれた。函館の近くである。

父親が早く死に、母の手で育てられた。貧しかった。貧乏の記憶なら、いくらもある。

高校を卒業してすぐ、母も、心臓発作で亡くなった。

ひとりになった新井は、東京に出ようと、青函連絡船に乗った。今は、年に二、三回は、外国旅行もしているが、その時は、生まれて初めて、北海道を出たのである。

以来、今日まで、新井は、郷里の茂辺地に帰っていなかった。

もう、そこには、肉親が誰もいないということもあったし、両親を失い、天涯孤独になった新井に対する近所の人たちの冷たさへの反抗もあった。

ただ、初めて乗った青函連絡船の思い出だけは、今も、強烈に残っていて、消える前にもう一度と、思ったのである。

カメラの方は、新井の趣味だった。若い女のヌードも撮《と》るが、景色や、飛行機、船も、撮る。かなりの腕で、ある写真雑誌が主催したコンクールに入選したこともある。今、レトロブームで、新井は、最近、古い建物や、車などを写真に撮り、それを自分でパネルにして、店の壁に、掲げていた。

消えようとする青函連絡船も、撮ってみたい被写体に、思えたのである。店は、信頼している副社長の岡田《おかだ》に委《まか》せ、新井は、一週間の休みをとって、ゆっくり、青函連絡船に乗ってくることにした。

手っ取り早い方法なら、青森か函館へ飛行機で飛び、青函連絡船に乗ればいいのだが、新井は、上野から、夜行列車で、行くことにした。

北海道から、上京した時も、青函連絡船で、青森に渡り、青森から、夜行列車に、乗ったからである。

（少しばかり、感傷的《センチメント》になっているかな）

と、思いながら、新井は、十月十四日、上野駅に向かった。

二三時一二分上野発、青森行の「ゆうづる5号」にしようと思った。この列車には、個室寝台があるらしいと、わかったからである。

新井は、昔から雑魚寝《ざこね》が苦手、というより、嫌いだった。

寝台列車は好きだが、二段、三段のベッドに、他の乗客と一緒に寝るのは、嫌なのだ。カーテンで、仕切ってあるといっても、いびきや、歯ぎしりの音は、聞こえてくる。

若くて、きれいな女性が、傍《そば》の寝台で寝ているのなら、まだいいが、酔っ払いの中年男だったりすると、眼も当てられない。

だから、寝台特急《ブルートレイン》に乗るのなら、個室がいいと、思っていたのである。

九州へ行くブルートレインには、個室寝台車のあるものが多いが、東北に行く列車には、ないのではないか。そう思い込んでいたのだが、「ゆうづる5号」には、あるらしい。

上野駅に着いたのは、午後十時少し過ぎだった。

2

まだ、「ゆうづる5号」の発車までには、時間があるが、とにかく、切符だけは買っておこうと思い、窓口に行った。

「『ゆうづる5号』の個室寝台に乗りたいんだが」

と、いうと、

「乗車券の他に、青森まで個室寝台料金と特急料金で、三万四千円です」

「三万四千円？　少し高いんじゃないの？」

と、新井が、いったのは、三月前に、ブルートレインの「さくら」で、長崎まで行ったのだが、その時、個室寝台の料金が、一万四千円だったからである。

「お二人の料金ですから」

と、窓口の係員が、いった。

「二人って、僕は、一人で乗るんだよ」

「『ゆうづる５号』の場合は、二人用の個室寝台になっておりますので、お一人の利用は、お断りしています」

係員は、微笑しながらも、断固とした口調でいった。

「じゃあ、『ゆうづる５号』には、一人で寝られる個室はないの？」

「残念ですが、ございません」

「二人用個室って、どんな人間が、利用するんだ？」

癪《しゃく》に障って、新井は、怒ったような声を出した。

しかし、係員は、あくまで落ち着き払った態度で、

「そうですね。ご夫婦とか、お友だちとか、親子の方などには、好評を頂いておりま

す」

と、いう。

仕方がないので、新井は、いったん、窓口を、離れた。

（誰かに電話して、一緒に行くことにするか）

とも、考えた。

電話すれば、泊まりがけで一緒に行くというガールフレンドは、心当たりがないこともないのだが、何となく、気が進まなかった。

（いっそのこと、二人用の個室を、二人分の料金を払って、独りで寝て行こうか）

と、新井は、考えた。

それなら、文句はないだろうし、二人用を、一人で占領できれば、ゆったりと、青森まで、していけるかも知れない。

そう思って、もう一度、窓口へ戻りかけた時、

「あの――」

と、突然、声をかけられた。

振り向いた新井が、自然に、笑顔になったのは、そこに、二十五、六歳の女性の華やかな姿があったからである。

新井の好きなタイプの女に見えた。細面《ほそおもて》で眼が大きく、背が高い。服の好みもよかった。

「何ですか？」

と、新井は、笑顔で、きいた。

「さっき、窓口で、『ゆうづる5号』の切符を買おうとなさっていらっしゃったでしょう？」

「ええ。しかし、一人用の個室寝台がないというんで、どうしようかと迷っているんですよ。二人用だけというのは、おかしいんだ」

「それで、私も、困っているんですわ」

「あなたも、『ゆうづる5号』に、乗られるんですか？」

「青森まで行こうと思っているんです。B寝台にいるのが嫌いで、本来なら、個室で寝たいと思っていたんですけど、二人用ということで、私も、困ってしまって」

女は、小さく、肩をすくめて見せた。そんなジェスチュアが、似合うのは、彼女の派手な顔立ちのせいだろう。

「僕と同じですね」

「それで、お願いですけど、私と一緒に、二人用の個室を借りて頂けません？」

「え？」

一瞬、新井は、戸惑いして、相手の顔を見てしまった。

「失礼なのは、わかっていますけど、カーテンだけのB寝台では、不安で、眠れないものですから。お願いしますわ」

女は、大きな眼で、じっと、新井を見た。

新井は、何となく、狼狽《ろうばい》して、

「僕は、構いませんがね――」

「ありがとうございます。助かりますわ」

女は、ニッコリした。

「しかし、いいんですか？　どこの誰ともわからない男と、青森まで、同じ個室で」

「あなたなら、立派な方だと思って、声をかけたんですわ。他の方なら、声をかけたりはしませんわ」

「そういって下さると、嬉《うれ》しいんですがね」

新井は、意外な女の申し出が、まだ、半信半疑で、眼を、ぱちぱちさせていた。

（こういうのを、棚ぼたというのだろうか？）

と、思ったり、逆に、

（ひょっとして、女はスリか何かで、最初から、狙《ねら》っていたのではないのか？）

と、疑ってみたりした。

一週間ばかり、のんびり、旅を楽しむ気でＤＣカードの他に、現金を、五十万ほど、持って来ている。それを、狙っているのだろうかと、考えたりした。

しかし、女の方は、本当に、嬉しそうな表情で、

「それでは、私が、切符を買って来ますわ」

「いや、僕が、おごりますよ。あなたのような美人と、青森まで一緒に行けるんだから」

「それでは、きちんと、折半にしません？」

と、彼女はいい、ハンドバッグから、財布を取り出した。

新井が、見ていると、カルチエの赤い財布の中には、一万円札が、ぎっしり、詰まっていた。少なくとも、三十万円くらいは、ありそうである。

（こっちの金を狙ってというのは、どうやら、勝手な疑心暗鬼だったらしい）

と、思ったら、現金なもので、彼女との青森までの旅を、あれこれ、楽しく空想するようになった。

二人用でも、個室だから、錠を下ろしてしまえば、完全な別世界である。

その中で、青森まで、十一時間近くを、共に過ごすのだ。彼女の方だって、旅のアバンチュールを楽しみたくて、一緒の個室に入りたいと、いったに違いない。

3

青森行きの寝台特急「ゆうづる5号」は、18番線に、発車の二十四分前、二二時四八分に入線した。

他の「ゆうづる」は、電車特急だが、「ゆうづる5号」は、電気機関車に牽引《けんいん》される寝台客車で、文字通りのブルートレインである。

それも、新井が、「ゆうづる5号」にした理由だった。

荷物車が、最後尾につき、他に、客車が九両の編成だった。

問題の二人用個室寝台は、2号車である。

青森に向かって先頭が、9号車になるので、2号車は、荷物車をのぞいて、後から、二両目になる。

新井は、初めて乗る二人用個室が、どんなものだろうかという興味で、2号車に、乗り込んだ。

片側通路に面して、八つの個室が、並んでいた。１号室から、８号室までである。

新井たちの個室は、２号室だった。

ドアを開けて、中に入る。

新井は、向かい合って、ベッドが、作られているのではないかと、思っていたのだが、そうではなくて、上段と、下段になっていた。

その代わり、下には、ベッドの他に、電気スタンドのある机が置かれ、椅子に腰を下ろして、読書や、書き物が、出来るようになっていた。

持ち物を入れるキャビネットもある。

「あッ、テレビもあるわ」

と、女が、嬉しそうに声を出した。

なるほど、高いところに、テレビがあって、下のベッドに腰を下ろして、見られるようになっている。

スイッチの類は、机の横の壁に、並んでいた。

「さくら」の一人用個室に乗った時は、その狭さに往生したが、こちらは、二人用だけに、かなり広くて、圧迫感はなかった。

新井は、まず、彼女に、下段のベッドに腰かけさせてから、

「取りあえず、自己紹介からしようじゃありませんか。僕は、新井です」

と、つい、肩書きつきの名刺を、彼女に、渡した。

「新井産業の社長さん――」

と、女は、口の中で、呟《つぶや》いてから、

「そんなに若いのに、社長さんなんですの？」

「いや、南青山で、イタリア料理の店をやっているだけですよ。味は、自慢ですがね」

「青山でお店なんて、素敵だわ」

「今度は、あなたのことを、教えて下さい」

と、新井は、いった。

「名刺は、持っていませんけど、名前は、カサイマミですわ」

「どんな字を書くのか教えて下さい」

新井が、自分の手帳を差し出すと、女は、ボールペンで、

〈笠井麻美〉

と、書いた。

女らしい、きれいな字である。

「もちろん、東京に、住んでいるんですね？」

新井は、立ったまま、彼女を見て、きいた。

「はい」

「どの辺かな？　麻布、六本木あたり？」

と、新井が、いうと、笠井麻美は、笑って、

「そんな高い所には、住めませんわ。代々木八幡《よよぎはちまん》のマンションですわ」

「あそこも、いい所ですよ。僕の知っているタレントも、代々木八幡のマンションに住んでいて、遊びに行ったことがある」

と、新井はいい、そのタレントの名前を、いった。

今、人気絶頂の男性タレントだが、遊びに行ったというのは、嘘《うそ》だった。たまたま、そのタレントが、マネージャーたちと、新井の店へ食事に来たことがあって、その時、色紙にサインしてもらっただけなのだ。

しかし、麻美は、新井の話を信じたのか、眼を丸くして、

「あの松沼陽介《まつぬまようすけ》と、お友だちですの？」

「よく、僕の店に、食事に来るんですよ。それで、何となく、仲良くなりましてね。生意気だとかいわれますが、根は、いい奴ですよ」

と、新井は、出まかせをいった。どうせ、今夜だけの付き合いだという気安さもあったし、彼女の気を引きたかったからでもある。

「ところで、あなたは、何をしているんです？　平凡なＯＬには、見えないけど」

と、新井は、話題を変えた。

たいてい、こんな時、女は、「何に見える？」と、きき返すものだが、麻美は、

「ふふ」

と、笑っただけだった。

「じゃあ、当ててみようかな。服装のセンスもいいし、指輪も、本物のルビーで、少なくとも、二百万はする」

「え？」

「僕は、宝石は、わかるんですよ。だから、普通のＯＬじゃないと、思ったんです。しかし、タレントでもないなあ。タレントにしては、知的だし――」

と、新井がいうと、麻美は、また、忍び笑いをした。

ホームで、ベルが鳴り、二人を乗せた寝台特急「ゆうづる５号」は、ゆっくり、動き出した。

窓の外を、上野駅のいくつも並んだホームが、後方に流れて行く。

（この女と、これから、一夜を一緒に、過ごすのか）

新井は、甘美な思いで、彼女の整った顔を見つめた。

4

寝台特急「ゆうづる5号」は、水戸に、〇時四六分に着いたあとは、仙台まで、停車しない。

「自己紹介の続きをやりませんか？」

と、新井は、麻美に、声をかけた。

麻美は、寝台に腰を下ろしたまま、立っている新井を見上げた。

「え？」

「と、いっても、僕は、自己紹介をすませたから、あなたの番だけどね」

新井は、意識して、少しずつ、くだけた口調にしていった。

突然、飛び込んできた美しい鳥の感じで、新井は、相手を見ていた。

この女も、青森まで行くという。「ゆうづる5号」の青森着は、明日の午前九時五五分である。

今から、約十一時間。その間に口説けるかどうか。新井は、賭《か》けでもするような気になっていた。

焦ることはない。新井は、自信があった。

「女性カメラマン」

と、麻美は、いたずらっぽく笑って、いった。

「嘘だな。僕は、ほんの少しだが、写真の世界を覗《のぞ》いたけど、君みたいな美人の女性カメラマンを見たことはないよ」

「女弁護士だといったら、信じて下さる？」

「ノーだね。頭のいい人だとは思うけど、弁護士にしては、チャーミング過ぎる。それに、弁護士なら、バッジをつけていると思うね」

「銀座のクラブのホステスは、どうかしら？」

「店の名前は？」

と、新井は、意地悪く、きいた。

「パピヨン」

「Kビルの三階の？」

「ええ」

「ママの名前は、確かミカだったかな？」

「ええ」

と、麻美は、肯《うなず》いた。が、すぐクスクス笑い出した。

「私を、からかってるのね？」

「からかってるのは、君の方だと思うけどね。そろそろ、白状したらどう？」

「本当のことをいうと、今は、無職」

と、麻美は、いった。

「まさか、家で花嫁修業中とは、思えないんだがな」

新井は、彼女の顔を、覗き込むように見た。

「先月まで、ある大手の商社で、部長秘書の仕事をやっていたの。それを辞めて、ゆっくり、北海道を旅行して来ようと、思っているんです」

と、麻美は、いった。

「飛行機は、嫌いなの？」

「札幌に支店があったんで、部長さんのお供で、何度も行ったわ。いつでも、飛行機で行って、あわただしく、飛行機で、帰って来る。そんなのではなく、ゆっくり、のんびり北海道を見て来たいと思って。だから、夜行列車で行って、青森からは、青函連絡船に乗るつもりですわ」

と、麻美は、いっきに説明した。

「なるほどね。僕も、同感だね。最近の旅行は、ただ、ひたすら、早くだからね。僕も、この列車で、青森まで行って、青函連絡船に乗ろうと、思っているんだ。君が良ければ、青函連絡船にも、一緒に乗りたいね。どう？」

「新井さんも、北海道旅行を？」

「今は、青函連絡船に乗ることだけを、考えてるけど、別に、サラリーマンじゃないから、そのまま、君と一緒に、北海道を、廻って来てもいいんだ」

「さすがに、社長さんは、いいわね」

麻美も、くだけた口調でいって、微笑した。

「失礼して煙草を吸いたいんだけど、構わない？」

「どうぞ」

と、麻美は、微笑した。

「別に、この部屋は、禁煙じゃないんだろうな」

新井は、呟きながら、部屋を見廻した。禁煙の文字は、ない。

「そこに、灰皿がついてるわ」

と、麻美が、机の横の壁に取り付けてある吸殻入れを、指さした。

「本当だ」

と、新井は、嬉しくなり、机についている椅子に腰を下ろし、愛用のジッポーのライターで煙草に、火をつけた。

「君は、煙草を吸わないの？」

5

列車は、我孫子《あびこ》、土浦と、通過して行く。

「そろそろ、眠りたいんですけど――」

と、麻美が、いった。

「じゃあ、僕は、上の寝台に行こう。下にいて、君が、寝巻に着がえるところを、見たいけどね」

新井は、女の反応を窺《うかが》うように、いってみた。

「ふふ」

と、麻美は、笑っただけである。

彼女の方も、新井の出方や、態度を、楽しんでいるのかも知れない。

新井は、取りつけてある梯子《はしご》にさわってみた。

「追い立てるみたいで、ごめんなさい」

と、麻美が、いった。

「いや。僕も、そろそろ、寝ようと、思っていたんだ」

新井は、そういいながら、頭の中では、いきなり抱きしめたら、この女は、どうするだろうかと、考えていた。

黙って、抱きしめられたままでいるだろうか？　それとも、怒って、突き放そうとするだろうか？

その反応を見るのは楽しいと思うのだが、

（楽しみは、明日の朝まで、とっておくか）

と、考え、新井は、上段の寝台に、あがった。

窮屈なのを我慢して、寝台の上で、備え付けの寝巻に、着がえた。

下でも、寝台のカーテンを閉め、中で、彼女が、寝巻に着がえている気配がする。

新井は、寝台に、仰向けになって、

「今度、うちの店に、食べに来ませんか？」

と、下段にいる麻美に、話しかけた。

「ありがとう。イタリア料理って、好きなの」

と、彼女の声が、返って来た。

「彼はいるの？」

「え？」

「好きな人はいるの？」

「さあ」

「君みたいな美人なら、ボーイフレンドの五、六人いても、おかしくないな」

「新井さんこそ、何人も、女の人がいるんでしょう？　きっと、よくもてるに違いないもの」

「それが、もてなくてね」

と、新井は、余裕をもって、笑った。

「私は、いつも、眠る前に、お酒を飲むんだけど、新井さんも、お飲みになる？」

「売店で、ポケットびんでも買おうと思っていて、忘れちゃってね」

「それなら、私のを、差しあげるわ。二本持って来たの」

と、彼女が、いった。

新井が、起き上がって、階下《した》を覗くと、下段の寝台は、カーテンが閉まり、そのカーテンの隙間《すきま》から、ポケットびんを持った彼女の片手が、突き出ていた。

「いいの？　貰って」

「ええ、私の分は、別にあるから」

「まさか、毒が入ってるんじゃないだろうなあ」

「ひょっとすると、入ってるかも知れないわ」

と、彼女が、カーテンの奥で、笑った。

新井は、そのポケットびんを受け取った。

「電気を消していいかしら？」

と、麻美が、きいた。

「その前に、トイレに行ってくるよ」

と、新井は、いった。

備え付けのスリッパを突っかけて、新井は、部屋を出ると、トイレに行った。

戻ると、カギをかけ、上段の寝台に寝転んだ。

「おやすみ」

と、声をかけると、

「おやすみなさい」

と、いう声が、かえって来て、灯が、消された。

さすがに、新井は、すぐには眠れなくて、枕元の灯の下で、麻美のくれたポケットびんを、開けた。

（ひょっとして――）

と、瞬間、思ったが、まさか、毒は入っていまいと考え、口に、持っていった。

すでに、午前一時に近く、車内は、ひっそりと、静かである。

上等なウイスキーの味と香りである。別に、毒も入っていないようだった。

ちびちび飲んでいる中《うち》に、列車が、水戸に着いた。

機関車の交換でもするのか、なかなか、発車しない。

寝台の縁《ふち》に手をかけ、身体を乗り出すようにして、階下《した》の様子を窺うと、かすかに、麻美の寝息が、聞こえてきた。

「ふーん」

と、新井は、鼻を鳴らした。

（いったい、どんな経歴の女なんだろう？）

と、思う。

初対面の男と、同じ部屋に寝て、ゆうゆうと、寝られる彼女の神経のことを考えたからである。

九分停車で、「ゆうづる5号」は、水戸を発車した。

このあとは、四時三二分に仙台に着くまで、停車しない。

(彼女は、おれが抱くのを期待していたのではあるまいか?)

どうも、そんなことを、考えてしまう。

新井は、つき合った女の一人に、あなたには、セックス・アピールがあるといわれたことがある。その言葉を、そのまま信じたわけではないが、今、下段の寝台に寝ている女も、おれに、似た感情を、持っているのではないのか。だから、一緒に、旅行してもいいと思ったのではあるまいか。

(明日の朝、顔を合わせた時が、勝負だな)

と、新井は、自分に、いい聞かせた。

今、この個室は、密室である。それに、列車の車輪の音が聞こえている。

無理矢理、犯しても、成功はするだろうが、それでは、新井の自尊心が許さないし、楽しくもない。

一番楽しいのは、向こうが、しびれを切らして、身体を投げ出してくることなのだ。

（とにかく、朝になってからだ）

と、思い、新井は、彼女がくれたウイスキーの残りを、飲んだ。

ぐっすり眠れたのは、そのせいだろう。

眼をさますと、相変わらず列車は、単調なひびきを立てて、走り続けている。

枕元の灯で、腕時計を見ると、午前四時を廻ったところだった。

あと、三十分で、仙台に着く。

トイレに行きたくなったので、新井は、上段の寝台から、下へおりた。

麻美を起こさないように、足音を忍ばせて、ドアの所まで行って、新井は、

（おや？）

と、首をかしげた。

この個室のドアは、内側から、カギが、かかるようになっている。

と、いっても、カンヌキがかかるだけである。

カギ穴はあるが、キーは、渡されていなかった。

従って、外へ出た時は、部屋には、誰でも入れる状態になってしまう。

寝る前にトイレに行って、戻った時、新井は、それが心配だから、きっちり、カギをかけたのである。

それが開いている。

（彼女が、トイレにでも行っているのだろうか？）

と、思ったが、彼女のスリッパは、ちゃんと、寝台のところに、並べてあった。

（しようがないな）

と、新井は、苦笑した。

彼女が、トイレに行って来て、カギをかけるのを忘れて、寝てしまったに違いない。

新井は、室内を見廻した。幸い、泥棒が入った形跡はなかった。自分の背広を調べてみたが、財布も、中身も、無事だった。

スーツケースも、ちゃんとある。

新井は、ほっとして、トイレに行き、戻って来ると、カギをかけて、もう一度、寝台にもぐり込んだ。

仙台に停まったのは、眠ってしまって、覚えていなかった。

次に眼がさめた時は、窓の外が明るくなっていた。

カーテンを開けると、雑木林と畠《はたけ》が広がっている。

カン、カン、カンと、踏切の警笛が聞こえたと思うと、耕運機に乗った農家の人が、踏切のところで、この列車を、見送っていたりする。

間もなく、盛岡だという車内放送があった。

Ｂ寝台車だと、一般の乗客も乗って来るので、嫌でも、起きなければならないが、その点、個室は、いつまで寝ていてもいいので、楽である。

（顔でも、洗って来ようか）

と、思い、新井は、梯子をおりた。部屋のカギが、かかっているところをみると、麻美は、まだ、寝ているのだろう。

スリッパを履いて、洗面所へ行こうとしてから、急に彼女の寝顔が、見たくなった。眠っているのなら、寝顔にキスしてやりたいし、起きているのなら、朝のあいさつをしてやりたい。

カーテンを細目に開け、寝台の中を、覗き込むようにして、

「お早よう」

と、新井は、小さな声で、いった。

「もうじき、盛――」

突然、岡という言葉が、でかけて、消えてしまった。

新井の顔色が変わり、身体が、ふるえ出した。

麻美は、寝巻姿で俯伏《うつぶ》せに、横になっていた。が、その背中に、ナイフが、突き刺

さっているのだ。
それに、血の色と、匂《にお》い。
新井には、とっさに、どうしていいか、わからなかった。
身体のふるえが、止まらない。
(おれが、疑われる)
と、思った。
急に、窓の外が、明るくなった。
列車が、盛岡駅に着いたのである。午前七時丁度である。
少ないが、ホームには人の姿がある。
新井は、あわてて、開けてあった窓のカーテンを閉めた。
もう一度、寝台に、眼を戻す。麻美の身体は、ぴくりとも動かない。
白いシーツにも、赤く、血が滲《にじ》んでいる。
また、列車が、動き出した。
(何とかしなければ――)
と、新井は、ふるえながら、必死に考えた。
一緒に乗った女が、殺されていると、車掌に告げようか？

しかし、そんなことをしたら、車掌も、警察も、おれを、犯人だと、決めつけるだろう。

二人用の個室で、片方が殺されていれば、もう一人が、疑われるのは、当たり前だからだ。

（このまま、次の駅で、逃げ出そうか）

とも、思った。

次は、一戸《いちのへ》である。

まだ、この女が死んでいるのに、車掌も気付いていないから、逃げようと思えば、逃げられるだろうが――。

6

逃げたとしても、車掌が、覚えていると、新井は、思った。

「ゆうづる5号」が、上野を出てすぐ、車内改札があったし、その時、新井は、彼女と二人、顔を並べて、切符を差し出している。

彼女が、魅力的な美人だったから、多少自慢したい気があったのだ。

彼女も、にこにこしながら、車掌に、青森に着く時間を、きいていた。

車掌は、プロだから、しっかりと、彼女のことも、新井の顔も、覚えているに違いないのだ。

車掌は、警察に対して、男が一緒だったと証言し、新井の顔立ちや服装、背恰好《かっこう》などを、話すに違いなかった。

モンタージュが出来て、それが、テレビや新聞に発表されるに、決まっている。

それも、殺人容疑者としてだ。逃げたのが、犯人の証拠だと、いわれるだろう。

と、いって、車掌に、正直に話したら、どうなるのだろうか？

まず、警察に連れて行かれるだろう。あれこれ、訊問《じんもん》されるだろう。

それはまあ、いい。問題は、警察が、新井の話を信じてくれるかどうかである。

（信じないだろうな）

と、思った。

上野駅で、見ず知らずの若い女が、突然、一緒に、個室寝台に泊まってくれといった。そんな話を、誰が、信じるだろう？

きっと、前からの知り合いだと思うだろう。

肉体関係ぐらいはあると思われるかも知れない。最近、女の方が、よそよそしくなったので、無理矢理、旅行に誘い出したが、ケンカになり、持っていたナイフで、刺し殺した。そんな風に、思われてしまうだろう。

まずいことに、新井は、女に手が早く、だらしがないといわれている。それを、普段は、男の勲章ぐらいに考えていたのだが、こうなると、警察の心証を悪くするに、決まっている。

（やっぱり、逃げるより仕方がない）

と、考えた。

何とか、逃げて、アリバイを作るより、助かる方法は、なさそうだった。

死体の方を見ないようにしながら、狭い室内を見廻した。

忘れ物はしてはならない。

それから、指紋だ。

前科はないから、指紋の照合で、新井とわかってしまうことはないが、あとで、一緒に乗っていた動かぬ証拠にされてしまう。

女の背中に突き刺さっているナイフは、摑《つか》んだ覚えがないから、柄に、指紋はついていない筈《はず》である。

（どこに、指紋がついているだろう？）

ドアの取っ手か。

上段の寝台に上がる梯子にもついている筈である。

新井は、必死になって、考え、ハンカチで、拭《ふ》いていった。

時間が、たっていき、列車は、一戸駅に近づいた。

新井は、着がえをすませ、スーツケースを持って、そっと、2号室を出た。

腕時計を見ると、七時四十六分である。

一戸へ着くのは、あと、九分程だった。2号車のデッキにいたのでは、あとで、怪しまれると思い、他の車両の方へ、足早に、歩いて行った。

トンネルを抜けて、一戸駅に、列車は着いた。

新井は、8号車のドアから、ホームに降りた。

田舎《いなか》の小さな駅だと、目立って困ると思ったが、幸い、かなり大きな駅である。

「ゆうづる5号」は、何事もなかったように青森に向かって、発車していった。

新井は、ひとまず、ほっとしたが、スーツケースに、カメラを持った恰好で、ホームに立っていては、駅員に、覚えられてしまう。

時刻表を見ると、八時〇五分に、盛岡行の普通列車が出るのがわかった。とにかく、ここを離れなければならない。

新井は、その列車に乗って、盛岡に向かった。盛岡からは、東京に、一刻も早く帰って、善後策を講じる必要があった。

7

寝台特急「ゆうづる5号」は、午前九時五五分、定刻に、終着、青森駅に、到着した。

この列車は、一〇時一〇分発の青函連絡船に接続するので、乗客は、ホームに降りると、足早に、連絡口に向かって、動いて行く。

山本《やまもと》専務車掌は、そんな乗客の動きを見ながら、事故もなく、無事に、青森に着いたことに、ほっとしていた。

そのあと、車掌長と一緒に車内を、ゆっくり見て歩いた。

乗客の忘れ物などがないかを、見るためだった。

時々、大きな忘れ物が、あったりするからである。

「うちの娘がね、来年、大学を卒業するんだよ」

田中《たなか》車掌長が、一緒に、通路を歩きながら、山本に話しかける。

山本も、同じ年頃の娘がいる。みんな、そんな年齢になっているのだ。

「うちは、まだ、二年生だが、就職となると大変だねえ」

山本は、2号車に来て、二人用の個室を、一つ一つ、覗きながら、話していたが、その言葉が、突然、切れてしまった。

2号室の下段の寝台に、女が、寝巻のまま倒れていたからである。

しかも、その寝巻が、赤く染まっている。

「おい、死んでるんじゃないのか！」

田中が、叫んだ。

山本が、先に、中に飛び込んだ。田中も、走って、室内に入って、

「お客さん！」

と、呼びかけたが、女の身体は、ぴくりとも動かなかった。

「死んでいる」

と、山本が、うめくような声を出した。

すぐ、駅の助役と、警察に、連絡された。

青森県警の刑事たちが、鑑識を連れて、到着した。検死官も、やって来た。

何枚もの写真が撮られ、指紋の検出が終わったあと、女の死体は、個室から、運び

出されて行った。

青森県警の白石《しらいし》警部は、死体の消えた室内を、改めて見直した。

山本専務車掌の話だと、この部屋には、女と、三十歳ぐらいの男が、いたという。

どうやら、その男が、女を殺して、途中で降りて逃げたらしい。

山本専務車掌の証言で、男のモンタージュが、作られるだろう。

問題は、その身元だった。

鑑識の話だと、凶器のナイフの柄にも、この部屋のドアや、壁なども、拭きとられて、指紋が見つからないという。

もちろん、女を殺した犯人が、用心深く、指紋を拭きとって、逃げたに違いなかった。

それでも、何か、犯人の遺留品が、ないかと、白石は、梯子を使って、上段の寝台にも、上がってみた。

犯人は、あわてて逃げたとみえて、備品の寝巻は、丸めて、放り投げてある。

（おや？）

と、白石が、眼を止めたのは、寝台の隅に、光るものを見つけたからだった。

手に取ってみると、純金のネクタイピンである。

洒落《しやれ》たデザインで、裏側に「YOSHIDA」の文字と、ナンバーが、彫り込んであった。

持ち主の名前かどうかは、わからないが、白石は、ネクタイピンを、大事に、ハンカチに包んで、ポケットに入れた。

被害者のものと思われる白のスーツケースと、ハンドバッグを持って、白石は、警察に戻った。

捜査本部が、設けられた。

すべきことが、いくつもあった。

第一は、被害者の身元を、明らかにすることだったが、これは、ハンドバッグから、被害者の運転免許証が出て来て、簡単に、わかった。

〈東京都新宿区コーポ「西新宿」浜野《はまの》みどり〉

である。年齢は、二十六歳。

被害者が、どんな女性で、どんな交友関係を持っているかは、東京警視庁に、調査を依頼すれば、わかるだろう。

一番の問題は、逃げた男の身元だった。

山本専務車掌の証言で、男のモンタージュが、作成された。

被害者も、この男も、青森までの切符を持っていたと、山本車掌は、証言している。

もう一つ、白石警部は、ネクタイピンのことで、東京の警視庁に、調べてくれるように、頼んだ。

東京で、特別注文で作られたものと、思えたからである。

その日の中《うち》に、男のモンタージュが、作られた。

「なかなか、いい男だな」

と、それを見て、白石が、いった。

部下の小川《おがわ》刑事も、じっと、モンタージュを見てから、

「女にもてそうな顔ですね」

「車掌の話では、スタイルも、よかったらしい。身長一七六センチくらいで、痩《や》せていたということだ」

「動機は、怨恨《えんこん》ですか？」

「そうだろうね。ハンドバッグの中の財布には、十二万円が入ったままだし、指輪も、盗られていないからね」

「被害者も、美人ですね」

「そうだな」

「何も、列車の中で、殺さなくてもいいと、思いますがねえ」

と、小川が、文句をいった。

「それだけ、切端《せっぱ》つまっていたということかも知れないよ」

「結婚でも、迫られて、いたんでしょうかね」

「逃げた男の身元がわかれば、何かわかると、思うんだがね」

と、白石は、いった。

彼の思った通り、問題のネクタイピンは、東京・銀座の宝石店「吉田」で、作られたものだと、わかった。

同じものが、五百も作られているので、簡単に、持ち主を、断定することは出来ない。時間がかかるという返事だった。

被害者、浜野みどりの身元も、東京警視庁からの連絡で、わかった。

銀座のクラブ「シュトレス」のホステスだという。

人気のあるホステスで、関係があったと思われる男が、何人かいる。その中でも、特に、深くつき合っていたと思われる男の名前が、三人、あげられていた。

その三人の顔写真が、名前や職業、身長、体重などを、添付されて、電送されてきた。

いずれも、東京の人間で、大会社のエリートであったり、いわゆる青年実業家で、あったりした。

白石は、その三人の写真を、モンタージュと、比べてみたあと、「ゆうづる5号」の山本車掌にも、見せた。

山本が見た男の乗客が、三人の中にいるかどうか、知りたかったからである。

山本は、青森駅の駅舎で、三枚の写真を、じっと見つめていたが、

「この人だと、思いますね」

と、一枚の写真を、指さした。

白石も、モンタージュを見て、その男ではないかと、思っていたのである。

その男の写真には、次の言葉が、添えられていた。

〈新井修。三十歳。独身、身長一七六センチ。体重六十五キロ。

東京の南青山で、イタリアンレストランを経営。女性関係多数〉

8

新井は、自宅マンションで、新聞を見て、愕然《がくぜん》とした。

事件のことが、新聞に出ているのは、当然のことで、別に、驚きはしなかったが、彼が、びっくりしたのは、殺された女の名前だった。

いくら、見直しても、新聞に書かれている名前は、「浜野みどり」である。

浜野みどりなら、新井のよく知っている女だった。

銀座のホステスで、新井と、関係があった女である。別れる際、ごたごたがあって、今でも、彼女は、新井に対して、五千万円の慰謝料を寄越せと、いっている。

二人用個室の死体が、彼女だという。

(そんなバカな!)

と、思った。

これは、笠井麻美という女ではなかったのか。

新井は、手帳を、広げてみた。そこには、彼女が、ボールペンで書いてくれた「笠井麻美」の名前が、あった。

それが、いつの間にか、浜野みどりに、すり代わっていたのか？

女の背中に、突き刺さっているナイフと、真っ赤な血を見た瞬間、動転してしまって、死体の顔を、覗き込んでみたりはしなかった。

それは、笠井麻美という女だと、思い込んでいたからである。

（すり代わっていたのか？）

と、思ったとき、新井は、何者かに、罠《わな》にはめられたと、感じた。

よく見れば、顔立ちは違うのだが、背恰好や、頭の感じは、浜野みどりと、笠井麻美は、似ている。

車掌だって、同じ女だと、証言するだろう。

これは、間違いなく、罠にはめられたのだ。

（あの女だ）

と、思う。笠井麻美と名乗ったその女が、新井を、罠にはめたに、違いない。

彼女がくれたウイスキーにも、睡眠薬が、入っていたのではないのか。

それで、新井は、熟睡してしまい、浜野みどりが、下の寝台で、殺されるのに、気付かずにいたのかも知れないのだ。

あのウイスキーは、指紋がついていると思い、東京に帰る途中、河に捨ててしまった。

(これは、すぐ、捕まってしまうぞ)

と、思った。

浜野みどりの男関係を、警察が調べたら簡単に、新井の名前が、浮かんでしまうに、違いなかったからである。

(今は、姿を隠すより仕方がない)

と、思った。

浜野みどり。それに、車掌の証言で作ったというモンタージュ。あれは、新井そっくりだ。

これでは、捕まれば、有無をいわせず、犯人扱いだろう。

新井は、マンションを出ると、ポルシェに乗り込んで、ともかく、逃げ出した。

とにかく、東京を離れなければならない。

途中で、銀行に寄り、キャッシュカードで五百万円ほど、現金を下ろした。

まず、逃げて、それから、どうするか、考えなければならない。

(あの女を、見つけ出すことだ)

と、ポルシェを、走らせながら、新井は、自分に、いい聞かせた。

見つけたら、ぶん殴ってでも、どうして、おれを罠にかけたか、喋《しやべ》らせてやる。そうしなければ、自分の無実を証明する方法は、ないような気がしたからである。

第二章　青函連絡船

1

東京警視庁捜査一課の十津川《とつがわ》警部は、青森県警の要請を受けて、部下の亀井《かめい》刑事たちに、すぐ、新井修《あらいおさむ》の逮捕に、向かわせた。

しかし、亀井と、西本《にしもと》刑事が、新井のマンションへ行った時は、すでに逃げたあとだった。

最初、亀井たちは、新井が、マンションに戻っていないのではないか、寝台特急「ゆうづる5号」から逃げて、そのまま、姿を消したのではないかと、考えた。

しかし、管理人が、駐車場の新井の車が、一台なくなっているといい、それで、彼が、一度戻ってから、車で、逃げたことを知った。

白色のポルシェ911ターボで、八六年製である。

亀井は、その車のナンバーを添えて、手配してもらうことにした。

その手配をすませてから、亀井は、西本と一緒に、新井の部屋に入ってみた。

管理人が、マスターキーを持ってないので、専門家を呼んで、開けてもらったので、一時間近く、かかっている。

ぜいたくな飾りつけをした、広い部屋である。

自分自身に、かなり自信を持っていたらしく、ポルシェに乗った新井自身の大きなパネル写真が、飾ってあったりする。

「羨《うらや》ましいですな」

と、若い西本は、本当に、羨ましげに、いった。

「確かに、金はかかってるな」

亀井は、そんないい方をした。

「こんな豪華マンションに、ポルシェですからね。それに、女も、沢山いたようですから、男の欲望の全《すべ》てを、処理していたわけですよ」

「処理していたかも知れんが、刑務所に入ったら、何もかも、捨てなきゃならんよ」

「そりゃあそうですが、われわれは、何を探したらいいんですか？」

と、西本が、きいた。

「殺した浜野《はまの》みどりとの関係を証明する手紙や写真が、欲しいね。それから、新井修の友人や、知人の名簿だ。彼が、どこへ逃げたか、わかるかも知れんからね」

と、亀井は、いった。

手紙の束と、写真のアルバムを、二人は、見つけ出した。

新井は、几帳面《きちようめん》な男だったとみえて、その二つとも、きちんと、保管されていたので、見つけ出すのは、簡単だった。

亀井が手紙を、西本が、写真のアルバムを見ていった。

手紙は、大きなダンボール二つに、詰まっていた。それを、一通ずつ、見ていくのは、大変な作業である。

「驚いたね」

と、亀井が、呟《つぶや》いた。

西本は、積み重ねたアルバムの一冊目を、調べながら、

「何がですか？」

「この男は、デパートの案内紙まで、きちんと、とってあるんだ」

「ケチなんですかね？」

「捨てるのが、嫌いなんだろう」

と、亀井は、いった。

女からの手紙も、沢山あった。が、肝心の浜野みどりからのものが、なかなか、見つからなかった。

「そっちは、どうだ？」

と、亀井は、西本にきいた。

「アルバムから、何枚か、写真が、剝《はが》してありますが、これが、浜野みどりかも知れません」

「憎み合って、剝したかな？」

「かも知れませんが、わかりませんね」

と、西本は、いった。

亀井は、手紙の方に視線を戻した。

いぜんとして、浜野みどりからの手紙は、見つからない。写真と同じように、新井が焼き捨てたのだろうか？

その代わりに、変わった手紙が、見つかった。

「吉牟田《よしむた》法律事務所」と、印刷された封筒である。

亀井は、興味を感じて、中身を抜き出して、読んでみた。

〈用件のみ、書きます。
先方の弁護士は、慰謝料として、五千万円を要求しています。あなたと、浜野みどりとの関係を考えると、五千万円は、妥当な金額と思われます。この線で、話し合いに応じられることを、おすすめします〉

「君は、引き続き、浜野みどりの写真と、新井の友人、知人関係を調べておいてくれ」

と、亀井は、西本にいい、吉牟田という弁護士に、会ってみることにした。

2

吉牟田法律事務所は、渋谷にあった。

ビルの二階にあって、三人の男女が、働いていた。

亀井は、吉牟田弁護士に会って、新井のマンションで見つけた手紙を見せた。

「これは、あなたが、お書きになったものですね？」

「そうです」

と、吉牟田は肯《うなず》いたが、

「しかし、なぜ、これが、あなたの手にあるんですか？」

「浜野みどりが、ブルートレイン『ゆうづる5号』の車内で殺されたことは、ご存知でしょう？」

「知っています」

「新井修が、容疑者だということも？」

と、亀井がきくと、吉牟田は、当惑した顔になって、

「警察は、そう見ているわけですか？」

「本件は、青森県警が担当して、私たちは、それに、協力しています。新井修が、彼女と一緒に、同じ列車の同じ個室にいたと、車掌が証言しています」

「だから、彼が、犯人ですか？」

「容疑者ですよ。この手紙によると、動機もある」

「五千万円が、惜しくて、殺したというわけですか？」

「違いますか？」

「確かに、彼は、女性には、だらしのない男です。それは、否定しませんよ。それに、別れた浜野みどりから、五千万円の慰謝料を要求されていたことも、その手紙にあるとおりです。しかし、彼は、女は殺しません。金で、解決する主義だし、その金も、持っていました」

「しかし、話し合いの最中に、かっとして、殺してしまうことも、あり得るでしょう？」

「それは、なくはありませんが、彼は、違いますよ」

「五千万円を支払うことを、承知していたんですか？　正直に、答えてくれませんか」

「私が、説得中だったというのが、正確でしょうね」

「ということは、承知していなかったということになりますね？」

「彼にいわせれば、お互いに楽しんだのに、なぜ、男が、五千万も払わなければ、いけないんだというわけです」

「追い込まれた男は、たいてい、そういいますよ」

「かも知れませんね。私としては、五千万円払った方が、結局は、得策だと、説得していたんですよ」

「なぜ、五千万だったんですか？　新井には、彼女に、それだけの慰謝料を払う理由があったんですね？」

と、亀井は、きいた。

「私は、彼の弁護士です。彼の不利益になることは話せません」

と、吉牟田は、いった。

「これは、殺人事件ですよ」

「だから、なお更です」

「警察には、協力できないということですか？」

「申しわけありませんが、協力できません」

「新井は、自分の車で、逃亡しています。白いポルシェです。行く先を、ご存知ありませんか？」

「いや、知りません。これは、本当です」

「もし、彼が連絡して来たら、どうされますか？」

「無実なら、出て来るように、いいますよ。もし、彼が逮捕されるようなことがあれば、私が、弁護に、当たります」

「それを、信じることにします」

と、亀井は、いった。

亀井は、警視庁に戻ると、十津川に、わかったことを話し、吉牟田弁護士の手紙を見せた。

「その弁護士が、よく、この手紙を、返せといわなかったね」

十津川は、不思議そうに、いった。

「これは、すでに、新井修のものですし、その弁護士にも、彼が、シロだという確信がなかったからだと思いますね」

「この手紙の日付は、半月前になっているね」

「そのあと、新井は、五千万円が惜しくて、浜野みどりと、直接、話し合ったんじゃないでしょうか」

「そして、一緒に、『ゆうづる5号』に、乗ったか？」

「そうです。彼女の方が、新井と、よりを戻そうとしたのかも知れません。とにかく、二人は、『ゆうづる5号』の二人用個室寝台に乗った。が、話し合いがこじれ、かっとなった新井が、浜野みどりを殺して、逃げたというわけです」

「いったん、自宅マンションに戻って、車で逃げたのは、なぜだろう？　捕まる恐れもあったのに」

「逃げるにも、金が要ります。そのためでないかと、思いますね」

と、亀井が、いう。

十津川は、亀井が、調べて来たことを、電話で、青森県警の白石《しらいし》警部に、伝えることにした。

「吉牟田弁護士の手紙を、ファックスで、すぐ、送ります」

と、十津川は、白石に、いった。

「五千万円なら殺人の動機として、十分ですよ」

白石は、満足そうに、いった。

十津川が、電話を切ったとき、西本刑事が帰って来た。

3

「他の女の写真は、沢山ありましたが、浜野みどりの写真は、結局一枚も、見つかりませんでした」

と、西本は、十津川に、報告した。

「それだけ、浜野みどりに、腹を立てていたということになるね」

「新井にとっては、不利な材料ですね」

と、亀井が、いう。

西本は、新井の知人、友人の住所と、名前、それに、電話番号を書き込んだ一覧表を、十津川に、提出した。

「これ以外にも、いるかも知れませんが、今のところ、わかったのは、これだけです」

「すぐ、電話をかけてみてくれ」

と、十津川は、西本に、いった。

十津川は、新井が、取引していた銀行にも、電話で、問いあわせてみた。

その結果、新井が、夕方、同じ銀行の新宿支店で、カードを使い、五百万円を引き下ろしていることが、わかった。

これで、新井が、ポルシェで逃亡したことが、はっきりした。

東京都内や、隣接県の警察署には、新井のポルシェが、手配されている。しかし、なかなか問題の車が、見つかったという知らせは、入って来なかった。

翌朝、上野の不忍池《しのばずの》近くで、放置されているポルシェが、警邏《けいら》中の警官によって、発見された。

十津川と、亀井と西本の三人が、現場に、急行した。

午前九時を廻っていた。

色も、年式も、ナンバーも、間違いなく、新井修のポルシェである。

鑑識が、車内の指紋の検出に当たっている間、亀井と、西本は、遠くから車を眺《なが》めていた。

眼をあげると、上野公園の小高い丘が見えた。

その向こう側は、上野駅である。

「上野駅の近くなんだな」

と、亀井は、いった。

東北出身の亀井にとって、上野駅は、特別の意味を、持っている。

「しばらく、青森に、帰っていらっしゃらないんじゃありませんか？」

と、西本が、きいた。

「ああ、帰ってないが」

と、呟いてから、

「新井修は、なぜ、こんなところで、車を、降りたのかな？」

と、西本に、いった。

「ここで降りて、駅へ行ったんじゃありませんか」

「駅へ、何しにだ？」

「もちろん、列車に乗るためですよ」

「しかし、彼は、上野発青森行きのブルートレイン『ゆうづる5号』の車内で、女を殺し、逃げ戻ったんだよ。青森県警が、必死になって、犯人を追いかけている。そこへ、また、列車で、出かけるのかね？」

「確かに、おかしいですが、ここで、車を降りると、上野駅へ行くより仕方がないと思います。タクシーを拾うのなら、ポルシェに、そのまま乗って行っても構わないわけですから」

「また、青森へ行ったのかな？」

「かも知れませんよ」

「理由は、何なんだ？」

「それは、私にも、わかりませんが――」

と、西本も、首をかしげている。

鑑識が、車を離れたので、十津川と、亀井はドアを開け、中に、首を突っ込んだ。

運転席の所に、缶コーヒーの空き缶と、菓子パンの食べ残しが、散らばっていた。

「この車の中で食事をしたみたいですね」

と、亀井が、いった。

「そうらしいね」

「五百万も、持っているのに、パンと、缶コーヒーというのは、ケチな男ですね」

「自分で、レストランをやっているくらいだから、口は、おごっている筈《はず》だよ。それが、こんな食事をしていたというのは、どういうことなのかな？」

十津川は、首をかしげて、考え込んだ。

「レストランで、食事をするのが、怖かったからでしょう。指名手配されていると、思っていたでしょうから」

「それもあるだろうが、もし、見つかるのが嫌なら、こんな場所に、車をとめないで、駅から離れた場所にしておけばいいんだよ。或いは、他の車を盗んでもいい。駅の傍に、ポルシェをとめて、新井は、菓子パンを食べ、缶コーヒーを飲んでいる。何をしていたのかな？」

「ここで、誰かを、待っていたということですかね？」

「それも、考えられるね。女にもてる男みたいだから、ここで、女と会って、一緒に、逃げたのかも知れないが――」

十津川はまた、考え込んでいる。

「女とすれば、ここで、女の車に乗りかえたのかも知れませんよ」

「しかし、どうしても、上野の近くだということが、気になるね。普通なら、東北へ行く列車の駅からは、なるべく、離れたいと、考えるものだよ。彼は青森へ行く列車の中で、女を殺して追われているんだからね」

「すると、どういうことになるんですか？」

「ひょっとすると、新井は、車の中で、パンを食べ、缶コーヒーを飲みながら、列車が出る時間を、じっと、待っていたのかも知れないな」

4

「列車といっても、いろいろありますが」

と、亀井が、いった。

「これは、とっぴな推理かも知れないんだが、新井は、青森へ向かったんじゃないかと、思うんだよ」

「しかし、警部。新井は、青森県警に、追われているんです。それは、彼だって、よく知っている筈ですよ。それなのに、青森へ行くでしょうかね」

亀井は、首をかしげて見せた。

「常識的に考えると、そうだがね。それなら、なぜ、彼は、上野に、わざわざ、やって来たんだろう？　東京駅や、羽田空港でもよかった筈だ」

と、十津川は、いった。

「もし、青森だとすると、新井は、何しに行ったんでしょうかね」

「それは、わからないが、新井は、青森行きの『ゆうづる5号』の車内で、殺人をやっている。もし、ただ女を殺すのなら、そんな場所でやらずに、山の中で殺して、埋めてしまうとか、海へ誘い出して、沈めてしまった方が、死体が、なかなか見つからなくて、よかった筈だ。それなのに、寝台特急の車内で、殺している。殺す場所としては、もっとも、拙劣だよ。逃げにくいし、もし、相手が暴れたり、悲鳴をあげたりすれば、すぐ、車掌が飛んで来るわけだからね」

「と、いうことは、新井は、殺人のために、『ゆうづる5号』に乗ったんじゃなくて、何か他に用があって、乗ったということになりますか？」

と、亀井が、きいた。

「そうだろうね。青森に用があったのか、その先の北海道のどこかに用があるのか、不明だが、その用事は、彼にとって、ひどく、大きなことなんだろうと思うね。だから、捕まるかも知れないと思ったが、この上野にやって来て、青森行きの列車に、乗ったんじゃないかと、思うんだよ」

「また、『ゆうづる5号』に、乗ったんでしょうか？」

と、亀井が、きいた。

「まさかね」

と、十津川は、笑った。

「違いますか？」

「もし、同じ車掌が、乗務していたら、いっぺんで、気付かれてしまうよ。それに、朝早く、列車に乗ったと思うのだ。だから、東北新幹線で、盛岡へ行ったんじゃないかな。盛岡から先は、在来線に乗るだろう」

「青森県警へは、連絡しておいた方がいいでしょうか？」

「一応、連絡しておこう」

十津川は、上野駅の構内に入り、そこにある公衆電話を使って、青森県警の白石警部に、連絡をとった。

白石は、最初、十津川の言葉に、半信半疑の様子だった。

「新井が、青森に来るというのは、どうも、信じられませんね。こちらで、捜査しているのは、彼は、百も承知のわけでしょう？」

と、白石は、いう。

「もちろん、わかっていると思いますが、新井は、青森へ行ったと考えているんです」

「理由は、何ですか？」

「新井には、どうしても、青森へ行かなければならない理由が、あるんだと思いますね。その理由が何なのかは、まだ、わかりませんが」

「では、こちらでは、市内の監視を強めようと思いますが、どうも、まだ、信じられませんね」

と、白石は、いった。

「そのお気持ちは、わかりますよ」

と、十津川は、いっておいた。

5

新井は、盛岡で、東北新幹線を降りると、青森行きの列車に、乗りかえた。

午前六時〇〇分上野発の「やまびこ31号」に乗ったので、盛岡に着いたのは、九時二一分である。

九時三一分盛岡発のL特急「はつかり3号」に、乗ることが出来た。

終点の青森に着くのは、一一時五七分である。

座席に腰を下ろすと、新井は、サングラスをかけ直した。

青森へ行くことが、危険なことは、新井にも、よくわかっていた。今度の事件を捜査しているのが、青森県警だからである。それに、当然、東京の警察も、協力しているだろう。

だが、新井は、青森へ行くことを考え、実行に、移した。

理由は、ただ一つ、自分を罠《わな》にはめた女を、見つけ出したかったからである。

あの女は、「笠井麻美《かさいまみ》」と、自分の名前を、新井の手帳に、書きつけた。

新井は、その手帳を広げて、彼女の書いた字を、見つめた。

今となっては、これが、本名かどうかわからない。多分、偽名だろう。

東京の代々木八幡《よよぎはちまん》のマンションに住んでいるといったが、これも、嘘に決まっている。

昨夜、ポルシェで逃げたあと、公衆電話ボックスに入り、電話帳で代々木八幡の近くにあるマンションを調べ、片っ端から電話してみたのだが、笠井麻美という女が住んでいるマンションなど、一つもなかった。

きっと、名前も、マンションのことも、両方とも、でたらめなのだ。

もし、新聞に、彼の名前のイニシアルが出なかったら、青森へ行こうとは思わず、逆の方向へ、逃げ出したろう。

だが、新聞には、イニシアルだが、自分の名前が出たし、警察も、自分を追いかけていることが、はっきりした。

それに、「ゆうづる5号」の車掌の証言もある。

これでは、いくら逃げても、いつか捕まってしまう。捕まったら、間違いなく、有罪にされてしまうだろう。

助かる道は、ただ一つ、あの女を見つけ出して、自分が、罠にかけられたことを、証明して見せなければならないのだ。

名前も偽名、東京のマンションも嘘となった今、どこを探したらいいのか？

彼女は、「ゆうづる5号」で、青森まで行き、青函連絡船で、北海道へ渡るつもりだと、あの時、いっていた。

そのあとは、のんびりと、北海道を廻りたいとも、いっていた。

あの言葉が、本当だという証拠は、どこにもない。新井に近づき、彼を罠に落とすために、でたらめをいっていたことも、十分に、考えられるのだ。

しかし、ひょっとすると、彼女の願望が、顔を出したのかも知れないとも思った。つい、うっかり、本当のことも、いってしまうことだって、あり得るだろう。

新井を見事に、罠にはめ、今頃、のんびりと、北海道旅行を楽しんでいるかも知れないのだ。

もちろん、殺された浜野みどりの周辺を調べることも考えた。

笠井麻美と名乗った女は、浜野みどりが、新井と関係があったことを知っていて、彼女を殺したに、違いない。

新井が、みどりから、多額の慰謝料を請求されていたことも、知っていたのだろう。だから、「ゆうづる5号」の個室で、みどりを殺しておけば、新井に疑いがかかると、計算して、今度の罠を、作ったに違いないのである。

と、すれば、あの女は、浜野みどりと、新井の関係を、よく知っていたことになる。

そして、浜野みどりを殺して、「ゆうづる5号」に、乗せておいたのだろう。

どうやって、新井と、浜野みどりの関係を知ったかは、わからないが、みどりと親しい関係にある女ということは、十分に考えられる。

従って、みどりの周辺を、調べて行けば、あの女の正体に、辿《たど》り着くかも知れない。

みどりのマンションに行き、彼女の部屋を調べてみたいと思ったが、それこそ、飛んで火に入るみたいなものだと考えて、止《や》めたのである。

当然、みどりのことは、警察も、調べる筈だし、調べたからこそ、彼女と関係のあった新井の名前も、浮かび上がって来た筈である。そんな時、みどりの部屋に近づくのは、危険だった。

みどりの周辺が、調べられないとすれば、何とかして、直接、笠井麻美と名乗った女を見つけ出すより仕方がないのである。

新井は、そんなことを考えながら、もう一度、自分の手帳に書かれた、女の文字を、見すえた。


〈笠井麻美〉

その名前は、いくら考えても、過去に、記憶はない。

自分と関係のあった女の過去を、一人、一人、必死に思い浮かべてみたが、その中に、彼女の顔はなかった。

あの女の方では、新井を罠にかけようとして、ひそかに、彼のことを調べていたのかも知れないが、新井自身は、上野駅で、初めて見た顔だった。

(笠井麻美か)

と、新井は、呟いた。

偽名だろうが、偽名にしては、ずいぶん、難しい名前にしたものだと、思う。

普通、偽名というと、山田《やまだ》和子《かずこ》とか、田中《たなか》ゆう子とか、簡単な名前にするのではないか。

(この名前は、何か理由があって、使っているのかも知れない)

とも、新井は、考えてみた。

もし、あの女が、みどりだけを憎んでいたのなら、あんな面倒な殺し方はしないのではないだろうか?

みどりを、どこか、山の中に連れ出して殺せばいいのだ。

それなのに、笠井麻美という女は、わざわざ、「ゆうづる5号」の個室に、新井と乗り込み、室内で、みどりを殺して、新井を、犯人に仕立てあげた。

明らかに、新井も、憎んでいたのだ。いや、本心は、みどりよりも、新井の方を、より強く、憎んでいるのかも知れない。

(それなら、おれは、憎まれるようなことを、あの女に対して、したことになるわけだが)

新井は、煙草をくわえて、じっと、考え込んだ。

新井は、自分が、立派な男だとは、思っていない。

別に、自慢するわけではないが、現代では、多少、悪の素質がなければ、金も、地位も得られないと、新井は、思っている。

仕事上でも、何人も泣かせているし、女も同じだと思う。

(おれのことを、殺してやりたいと、叫んだ女もいたなあ)

だが、その女は、笠井麻美ではなかった。

今までは、女に憎まれたり、泣かれたりするのは、男の勲章ぐらいに思って、得意でさえあったのだが、こんなことになると、得意がってもいられなくなった。

何とかして、あの女を、見つけ出さなければ、刑務所へ放り込まれてしまう。それも、やってもいない殺人《ころし》である。

「くそ！」

と、思わず、小さく叫んでしまい、あわてて、その言葉を、呑《の》み込んだ。

6

青森に近づくにつれて、窓の外に、雨滴が、走り始めた。

一一時五七分に、青森に着いて、何気なく、ホームに降り、歩き出したのだが、改札口近くまで来て、ぎょっとして、立ち止まった。

改札口のところに、制服の警官の姿を見つけたからである。

二人の警官が、手に、写真らしいものを持って、改札口を出て来る乗客を、覗《のぞ》き込むように見ているのだ。

新井は、青くなって、後ずさりした。

別の事件で、警官が張り込んでいるのかも知れなかったが、新井には、そうは、思えなかった。

（おれを、張っている！）

と、思った。
（なぜ、おれが、青森へ来ると、わかったんだろう？）
恐怖と、疑問が、新井の頭の中で、激しく交錯した。
青森の警官は、まさか、新井が、やって来ることはあるまいと思い、油断している
だろうと、タカをくっていたのである。
（大変だ）
と、思い、新井は、ホームに停車している列車に、逃げ込んだ。
だが、その列車は、新井が乗って来た「はつかり3号」で、車内の清掃ということ
で、追い出されてしまった。
仕方なく、ホームのベンチに腰を下ろし、身体を小さくしていた。
一二時三三分に、盛岡行きの「はつかり18号」が出るというので、新井は、その列
車に、もぐり込んだ。
時刻が来て、列車が、発車すると、新井は、ほっとした。が、すぐ、車内改札が始
まり、新井は、トイレに、隠れることにした。
青森に着いたが、急用を思い出して、引き返すといい、盛岡までの切符を買えばい
いのだが、妙な乗客だと、怪しまれるのが、怖かったのである。

このまま、東京に戻ったら、どうなるのか？　また、逃げ廻るだけの生活になってしまうだろう。

新井は、次の浅虫《あさむし》温泉で、降りることにした。

駅員には、浅虫温泉―青森の料金だけを払って、新井は、改札口を出た。さすがに、ここには、警官は、張り込んでいなかった。

雨は、相変わらず、降り続いている。

新井は、駅前で、タクシーを拾うと、浅虫温泉へ向かった。

予約はしてなかったが、ホテルの一つに、泊まることが出来た。

偽名を、宿泊カードに書き、部屋に通されると、やっと、のんびりした気持ちになった。

一階の大浴場に入って、疲れを、癒《いや》した。

部屋に戻ると、夕刊を持って来てもらって、眼を通した。

青森の新聞なので、「ゆうづる5号」の事件を、引き続いて、大きく扱っていた。

〈青森市内で警戒体制〉

という見出しが、出ている。

容疑者のレストラン経営者（三十歳）が、青森へ来るのではないかと考え、県警では、駅や、空港に、張り込みを行ったと、書いてある。

笠井麻美が、青函連絡船に乗って、北海道へ渡りたいと、いっていたので、新井も、そのコースで、函館へ渡る気だったのだが、この分では、出来そうにない。

空港や、駅に、張り込んでいるのなら、当然、青函連絡船の出る桟橋にも、張り込みが行われている筈だと、思ったからである。

（どうしたらいいだろう？）

と、新井は、新聞を放り出して、考え込んだ。

とにかく、このまま、殺人犯人にされてはたまらない。それだけは、はっきりしている。

ホテルの便箋を広げて、ボールペンで、次のように書いた。

〈私は、浜野みどりを殺してはいない。犯人は、別にいる。笠井麻美と名乗る女が、私を欺《だま》して、罠にはめたのだ。この女を探して欲しい。身長一六五センチくらい。ほっそりした美人だ。彼女が、自分で書いたものを同封する。

〈新井修〉

そう書き、ホテルで、手帳の文字をコピーした。
（これを、どこの警察に出したらいいだろうか？）

7

青森県警は、どうやら自分を犯人と決め込んで、捜査を進めているらしいと、新井は思った。

無理もなかった。

新井が乗った「ゆうづる5号」の個室で、新井と関係のあった、しかも、慰謝料のことでもめている女が、殺されたのである。

青森県警が、新井を犯人と決め込んだのは、考えてみれば、当然なのだ。

それだけ、彼を罠にはめた人間が、頭がいいことになるだろう。

この事件には、殺された浜野みどりが、東京の人間ということで、警視庁も動いているらしい。

（警視庁の方が、事件を冷静に見てくれているかも知れないな）

と、新井は思った。

それなら、まず東京の警視庁に、この手紙を出してみよう。

封筒の表に、「東京警視庁捜査一課御中」と書いた。

出すのはどこでも出せるが、どうやって北海道へ行くかである。

青函連絡船に乗って行きたいのだが、それは乗船するところで、捕まってしまうだろう。となれば、空から北海道へ行くより仕方がない。

新井は、時刻表を借りて来て、調べてみた。

千歳《ちとせ》には、三沢、青森、花巻、仙台、秋田などからの便がある。

この中《うち》、青森空港は、危険である。

函館にも、空港はある。秋田、仙台から飛んでいる。もちろん、東京からの便もあるが、もう一度、東京へ戻る気はしなかった。

仙台なら、函館への便と、千歳への両方の便がある。

新井は、とっさに仙台まで戻ることにして、翌朝早くホテルを出た。

浅虫温泉駅へ着く。駅前の郵便ポストに、警視庁宛の手紙を投函してから、七時四三分発の盛岡行きL特急「はつかり8号」に、乗った。

青森から、遠ざかって行くことに、ほっとしながら、こうぐるぐる廻っていたのでは、いよいよ、あの女を見つけるのが、遅れてしまうと思った。

「はつかり8号」は、一〇時〇〇分に、盛岡に着いた。

ここから新幹線に乗りかえて、仙台へ向かった。

仙台へは、十一時〇一分に着いた。構内のレストランで、急いで昼食をとった。

店では、テレビをかけていたが、幸か不幸か、ニュースの時間は過ぎていた。警察の捜査の進み具合が、わからないので、不安でもあるが、同時に、わからない方がいいという気持ちもあった。

仙台駅で、新聞を買おうと思ったが、まだ夕刊は、置いてなかった。諦《あきら》めてタクシーを拾い、仙台空港に向かった。

空港には、正午前に着いた。

函館行きは、一便しかなくて、もう、時間的に間に合わない。

千歳行きの次の便は、一二時一五分なので、これに乗ることにした。

全日空の727便で、ボーイング767である。

八十パーセントほどの乗客だった。

轟音《ごうおん》と共に飛び立った時、新井は、あの時、なぜ飛行機にしなかったのだろうかと、改めて悔んだ。

飛行機で、北海道に行き、函館から、青函連絡船に乗ったら、こんなひどい目に遭わなかったのではないだろうか？

それとも、あの笠井麻美と名乗った女は、新井が、飛行機で北海道へ行っても、罠を仕掛けただろうか？

（何の恨みで――？）

と思う。

疑問は、最後には、そこへ行くのだが、どうしても、わからないのだ。いくら、思い出そうと努めても、あの女の顔に、記憶がない。

一三時二五分、千歳空港着。

新井は、空港ビルの三階にある喫茶店に入り、コーヒーを頼みながら、これからどうしたらいいかと、改めて考えてみた。

それは、どうしたら笠井麻美を見つけられるかということだった。

新井は、彼女が北海道へ来ているという直感があった。

そんな気がするだけなのだが、今は、その勘に頼るより仕方がなかった。

彼女が、青函連絡船に乗って、北海道へ行き、のんびりと北海道を見て回りたいといった。その言葉が唯一の根拠なのである。

彼女は、あの時、新井を安心させるために適当な嘘をついたのかも知れない。そうだとしたら、今、北海道へ来ていることは何の意味もないのだ。

(今頃は、おれを罠にかけたことに、にこにこしながら、ハワイあたりへ行っているかも知れない)

とも考える。

しかし、もしそうだとしても、今の新井には、どうすることも出来ないのである。

とにかく、今は勘を頼りに動くより仕方がない。

函館へ行って、青函連絡船が着くのを、見ることにしようか？

もし、彼女が、ゆっくりと青函連絡船に乗ってくれれば、函館で捕まえることが出来るだろう。

しかし、とっくに彼女は、北海道へ渡っていて、今頃は、レンタカーか何かで、楽しく動き廻っているかも知れない。

考えれば考えるほど、どうしたらいいか、わからなくなってしまうのだ。

(とにかく、青函連絡船を見に行こう)

と、考えた。

最初、青函連絡船の写真を撮《と》ろうと考えたことが、この悪夢の始まりだったのだから。

8

新井は、腰を上げ、ビルの二階から千歳空港駅へ通じる連絡通路を、歩いて行った。

一番早い函館行きの列車は、一四時五六分発の特急「北斗10号」である。

函館までの切符を買って乗った。

これが観光旅行なら、車窓の景色を楽しむのだが、今は、そんな余裕はなかった。

長万部《おしゃまんべ》に近づく頃から、外は暗くなった。

黄色い家の灯が、ぽつんとついているのを見ていると、余計に情けなくなって来たが、それは、一層笠井麻美に対する大きな腹立たしさにつながっていった。

あの女さえいなかったら、あんな罠に、引っかからなければ、今頃は、ポルシェを乗り廻し、女と遊んでいられたのである。

一八時三九分。

午後六時三十九分に、新井は、函館に着いた。

青森の駅は、警官が歩き廻り、改札口をかためていたが、函館駅には、警官の姿はなかった。

新井は、連絡船へ向かう通路を歩いて行った。

今、連絡船が着いたばかりで、これから、函館に着く連絡船は、二〇時五五分着の「十和田《とわだ》丸」である。まだ、あと二時間余りある。

函館を出発する連絡船も、一七時〇〇分発の「摩周《ましゅう》丸」が、一時間半前に出航してしまっている。

次に、函館を出るのは、一九時四五分である。

その船に乗るのか、待合室では、何人かの乗客が、じっとベンチで、身体を休めていた。

新井は、しばらく暗い海を眺めていた。

この函館の駅で待ち受けていたら、あの女は、現れるだろうか？

新井は、暗い夜の海を見つめながら、考えた。

あの女は、北海道へ来ると新井は、思い込んでいる。

もちろん、勘でしかないのだが。

これから来るところなら、この函館で、待っていたら、連絡船から降りて来る笠井麻美を、捕まえられるかも知れない。

もう北海道へ来てしまっていたら、いつまで待てばいいか、わからない。あの女のご機嫌次第である。それに、東京へ帰る時、この青函連絡船に乗るかどうかもわからない。もし、千歳から飛行機で帰ってしまったら、空《むな》しく、この函館で待ち呆《ぼう》けを食わされるわけである。

（確率の低い賭けだな）

と、思った。

ここで待つより、千歳空港に張り込んでいた方が、あの女を捕まえられる確率は高いかも知れない。

だが、それとて、あの女が、連絡船に乗ってしまったら、全く空しくなってしまうのだ。

（一か八か、この函館に賭けてみよう）

と、新井は、決めた。

ここで張るのだ。時間は、どのくらいかかるか、わからない。

まず、新井は、宿をとることにした。

駅を出て、駅前の案内所で、空いている旅館がないか、きいた。

案内所で、教えてくれた場所へ、行ってみた。

市内の、小さな旅館だった。

駅に近いのが、有難かった。ここなら、七、八分で、駅へ行ける。

「一週間くらい泊まりたいんだ」

と、新井は、その旅館のおかみさんに、いった。

9

警視庁捜査一課に、手紙が届けられた。

本多《ほんだ》捜査一課長は、読み終わると、十津川を呼んで、彼にも見せた。

「どう思うね？」

と、本多がきいた。

十津川は、黙読してから、

「消印は、浅虫ですか」

「青森県の浅虫温泉だろうね」

「やはり、新井は、青森へ行ったんですね。上野駅の近くに、彼のポルシェが乗り捨てであったので、ひょっとして、青森へ行ったのではないかと、思ったんです。青森県警にも、連絡しておいたんです」

「新井は、自分は無実で、笠井麻美という女に、はめられたんだと書いてあるが、その点の感想を聞きたいね」

「自分は無実だというのは、多いですよ。たいていの犯人が、自分は無実だと主張します。むしろ、主張しない人間の方が、少ないくらいです」

「すると、君は、この手紙は、その一つに過ぎないというわけかね？」

と、本多がきいた。

「そうですが、ただ、文章は、奇妙ですね。こういう無実の主張は、あまりありません」

「笠井麻美という個人名をあげ、彼女の字だというコピーを、添付している」

「そうなんです。もし、これが嘘だとすると、ずいぶん、凝ったことをする犯人だと思います」

「どうするね。無視するかね？」

「ホテルの便箋《びんせん》と、封筒を使っていますから、泊まったホテルは、わかります。青森県警に、新井が、浅虫で、何をしていたのか、それと、このコピーは、本物かどうか、調べてもらいます。何かわかるかも知れません」

と、十津川は、いった。

十津川は、すぐ、青森県警の白石警部に、電話をかけた。

十津川が、新井が浅虫温泉にいたことを話すと、びっくりしたような声で、

「本当ですか？」

「浅虫温泉のホテルの名前の入った便箋が、使われています」

と、十津川はいい、そのホテルの名前を、いった。

「さっそく、調べて来ます。浅虫温泉へ行っていたとは、知りませんでしたね。なぜ、新井は、浅虫へなんか行っていたんですかね？」

「わかりませんが、青森へ行ったが、警戒が厳しいので、いったん、浅虫へ戻ったのかも、知れませんね」

と、十津川は、いっておいた。

それから五時間ほどして、今度は、白石の方から、電話が、かかって来た。

「間違いなく、新井は、浅虫温泉に行っていましたね。ホテルの人間が、新井修に間違いないと、証言しましたよ」

「浅虫での新井の様子は、どんなだったんですか？」

「落ち着きをなくして、いらいらしているようだったと、ホテルの従業員は、いっています」

「コピーは、ホテルでとったんですかね？」

「そうらしいです。ホテルの便箋で、手紙を書いていたが、そのあと、コピーの機械があったら貸してくれと、いったそうです。何をコピーしたか、わからないといっています」

「その他に、何かありませんでしたか？」

「時刻表を借りて、長いこと調べていたそうですよ。私としては、そのことに、興味を感じましたね。浅虫から東京へ帰るのなら、別に、時刻表をこねくり廻すことはありません。浅虫温泉を出る東北本線の上りの列車の時刻さえわかればいいわけだし、そのくらいの時刻表なら、ホテルの壁に貼《は》ってありましたからね。彼は、だから、東京へ帰る列車の時刻を見ていたんではないと思うんです」

「そうですね。白石さんは、新井が何を考えていたと思いますか？」

　と、十津川はきいてみた。

「それをずっと考えていたんですがね。東京へ帰るために、時刻表を見ていたんじゃないとすると、ひょっとして、北海道へ渡る気だったんではないかと」

「われわれは、十津川さんが、新井は青森へ行くかも知れないといわれたんで、青森駅に張り込んでいました。当然、青函連絡船の桟橋にも警官を配置しています。新井は、それを見て、あわてて浅虫温泉へ逃げたのではないかと思うのですよ。青函連絡船を使わずに北海道へ行くには、どうしたらいいのか、それを調べたくて時刻表を見ていたのではないか。そう思うんですが、十津川さんはどう考えられますか？」

と、白石がきいた。

「その点は、私も同感です」

と、十津川がいうと、白石は嬉《うれ》しそうに、

「そう思われますか？」

「ええ、だが、新井は危険を冒して、青森へ行きました。そして、また北海道へ行く気でいるとすると、新井は、なぜ青森や北海道へ行こうとするのか、その理由をぜひ知りたいものですね」

と、十津川はいった。

「私も知りたいですよ」

と、白石もいった。

「北海道ですか？」

十津川は電話が切れると、本多課長に、

「このサインは、どうやら本物みたいですね。新井が浅虫温泉のホテルで、コピーしたものです」

といった。

「すると笠井麻美という女性は、実在するわけかね？」

「新井が、こうまで芝居をして、われわれを欺《だま》そうとしているのなら別ですが、そうでなければ、実在する女性ということになります」

「しかし、罠にはめられたという新井の言葉は、うのみには出来んな」

と、本多は慎重ないい方をした。

「私は、それに同感ですが、新井がそんな手紙を寄越したり、危険を承知で、青森へ行ったりしている理由を知りたいと思っています」

「しかし、今のところ、この事件は青森県警の仕事だからね」

「ひょっとすると、その中に、われわれも巻き込まれるかも知れません」

と、十津川はいった。

第三章　奇妙な死

1

十津川《とつがわ》の不安、というより、予感が、現実になったのは、翌日の午後である。

この日、ウイークデイだったが、豊島《としま》園は家族連れで賑《にぎ》わっていた。

この遊園地の呼び物の一つが、時速八十五キロで、一回転するジェット・コースター「シャトル・ループ」である。

失禁した人のために、降り口で下着まで売っていることが、テレビで、取りあげられたらしい。

意気揚々と乗り込んだのはいいが、降りて来るとふらふらで、へたり込んでしまう若者がいたりもする。

午後三時頃。

従業員の鈴木昭《すずきあきら》は、青い顔で降りて来る女の子の手を引いてやったり、子供を抱きあげて降ろしてやったりしていたが、一番後ろの席に、中年の男が座り込んでいるのに気がついて、やれやれという顔になった。

三十代と思われる男だった。

確か、サングラスをかけた女と、ニヤニヤ笑いながら、乗り込んだ男である。

いいところを見せようとしたが、自分で、気分が悪くなってしまったのだろう。

連れの女が、なかなか美人だっただけに、鈴木は、「いい気味だ」と思いながら、

それでも、

「お客さん、大丈夫ですか？」

と、声をかけた。が、身体がぐったりとして、返事がない。

鈴木は、急にあわてた。

（心臓麻痺《まひ》？）

心臓の弱い人間が、恐怖から身体をおかしくしてしまったのかも知れない。

（連れの女は、どうしているのだろう？）

急に彼女の無責任さに腹を立てて、鈴木は周囲を見廻したが、彼女の姿は見当たら

なかった。

(しようがないな)

と、思いながら、鈴木は責任者の島木《しまぎ》に連絡を取った。

島木はすぐ、救急車を呼んだ。

駈けつけた救急隊員も、最初、心臓麻痺と思ったようだった。

外傷が見つからなかったからである。

しかし、どこか変だと思い、すでに死亡していたが、近くの綜合病院へ運ぶ一方、警察にも、連絡を取った。

病院の医者は、青酸中毒死ではないかと考えた。死体の顔が青酸死特有のピンク色になっていたからである。

死体は、解剖に廻された。

その結果、医者の予想は適中した。

死因が、青酸による窒息死とわかったからである。

殺人の可能性が出て、初動捜査班から、十津川たちが、捜査を引き継ぐことになった。

その時点では、まだ、死んだ男の身元はわかっていなかった。

年齢は三十五、六歳だろう。きちんと背広を着ていた。サングラスをかけていたのだが、外れて足元に落ちていた。

財布には十二万三千円が入っていたが、運転免許証とか、名刺といった、身元がわかるものは見つからなかった。

しかし、十津川は身元を割り出すのはそう難しくないだろうと思っていた。被害者は高価なロレックスの腕時計をし、ダイヤ入りの指輪をしていたからである。その方面から当たっていけば、自然に身元が割れてくるだろう。

十津川が関心を持ったのは、鈴木昭という従業員の証言だった。

被害者が、サングラスをかけた、背の高い美人と一緒だったという証言である。彼女は、姿を消してしまったままである。

もう一つ、十津川が関心を持ったのは、青酸をどうやって飲んだかだった。飲まされたと、いってもいい。

しかし、これが殺人とすれば、青酸を直接飲ませる筈《はず》はなくて、何かに混ぜて、飲ませたに違いないのである。

まず考えられるのが、缶ジュースや、缶ビールだろうが、そうしたものは、いくら探しても、見つからなかった。

また、鈴木昭の証言でも、被害者と連れの女が、缶ジュースといったものは、手に持っていなかったという。

翌日になって、被害者の身元が、判明した。

十津川の思ったとおり、彼がつけていたロレックスの腕時計から割れたのである。

その腕時計が売られたのが、新宿のデパートのロレックスのコーナーで、買ったのは、羽島《はじま》かおりという女性だった。

この女性が、それを、プレゼントにしたのである。

羽島かおりは、銀座で、クラブ「かおり」をやっており、大事な客の一人へのプレゼントである。

その客の名前は、岡田《おかだ》孝男《たかお》、三十五歳だった。

十津川は、羽島かおりを呼んで被害者の顔を見てもらった。

「間違いありませんわ、岡田さんです」

と、かおりは、落ち着いた声でいった。

「岡田さんは、何をしている人で、住所は、どこですか？」

と、十津川が、きいた。

「住んでいらっしゃるのは、麴町《こうじまち》のマンションだと、お聞きしてますけど。お仕事は、レストランを経営していらっしゃるんです。お友だちと二人で」

「レストランですか」

「ええ、南青山にあるイタリアンレストランですわ」

と、かおりがいった。

十津川は、「え？」という顔になって、

「その店は、新井修《あらいおさむ》という男が、社長をやっている店じゃありませんか？」

「ええ、そうですわ。岡田さんは、共同経営者で、副社長をなさっていたんですけど」

と、かおりがいった。

（あの新井か）

と、十津川は、思わず、亀井《かめい》と顔を見合わせた。

「やはり、われわれは、事件に巻き込まれましたね」

と、亀井がいった。

岡田と一緒にいたサングラスの女は、ひょっとして、羽島かおりではないか、とも考えたが、違っていた。

目撃者の鈴木が違うという。かおりの方は、どちらかというと小柄である。鈴木によれば問題の女は、一六五、六センチと、女性としては、長身であったという。

2

十津川と、亀井は、岡田が住んでいた麴町のマンションに出かけた。半蔵門まで、歩いて、十五、六分で行ける場所で、古いが、風格のあるマンションだった。

2LDKの部屋に、岡田は、独りで住んでいたらしい。

ぜいたくな調度品の置かれた部屋には、クレー射撃用の銃が飾られていたり、クルーザーに乗った岡田自身の写真が、パネルで壁に張ってあったりして、彼の優雅な生活の一部が、のぞいている感じだった。

「最近は、こういう、妙な金持ちが多くなりましたね」

と、亀井が、眉をひそめていった。

「妙だねえ」

「いわゆる青年実業家というやつです。どういう操作をするのかわかりませんが、税金は少ないのに、何億円もする豪邸に住んだり、外車を乗り廻したりするんです」

「カメさんは、嫌いらしいね。こういう金持ちは」

「嫌いですね。わけがわかりませんから」

と、亀井は、いった。

十津川は、笑っていた。こういう亀井が、好きだからだ。

二人は犯人の手掛かりを求めて、室内を調べてみた。

南青山のイタリアンレストランの登記証も、出て来た。

土地も、店も、新井と二人で購入し、建てたことになっている。肩書は、副社長だが、実質は、共同経営者である。

女からの手紙や、女と一緒に撮《と》った写真も、多かった。女の写っている写真を、全部持って行って、目撃者の鈴木昭に見せることにした。

「今、新井修は、どこにいるんですかね？」

と、亀井は、マンションを出ながら、十津川に、いった。

「新井が、怪しいというのかね？」

「何しろ、共同経営者ですからね」

「しかし、豊島園で、一緒にいたのは女だよ」

「わかっていますが、彼女が、犯人とは限らないと思うのです。何しろ、毒殺ですから、犯人は、死亡時刻に、被害者の傍にいる必要はないわけですから」

と、亀井はいう。

「毒入りのカプセルを、何分か前に、被害者に飲ませておくか？」

「それもいいですし、毒を混入した菓子を、あとで食べてくれといって、渡しておいてもいいわけです」

「菓子をね」

「菓子なら食べてしまえば、あとに残りません。現場に、缶ビールや缶ジュースが、残っていなくても当然です」

「それが、新井だというわけかね？」

「岡田孝男が死んで、一番トクをする人間といえば、新井のような気がするんです。南青山の店が彼のものになりますから」

と、亀井はいった。

捜査本部が、練馬署に設けられたが、その頃になって、死んだ岡田孝男に、三億円という高額の保険が、かけられていたことがわかった。

受取人は、共同経営者で、社長の新井修である。

もっとも、新井修にも同じように、三億円の生命保険がかけられ、受取人は、岡田孝男だった。

「これで動機は、十分過ぎるほど十分になりましたね」

と、亀井は十津川にいった。

「しかし、新井は今、警察に追われているんだよ。浜野みどりを殺した容疑で」

「わかっています。しかし、だからといって、別の殺人をやらないとは限りませんよ」

「そうだがねえ、岡田と一緒にいた女のことは、どう考えるんだね？」

と、十津川はきいた。

「その女ですが、ひょっとすると、新井に頼まれて、岡田を殺したのかも知れませんよ」

と、亀井はいった。

彼女のモンタージュも出来てきた。鈴木昭の証言をもとに作られたものである。サングラスをかけた細面《ほそおもて》の、なかなか美人の顔だった。

十津川は、このモンタージュを、岡田孝男を知っている人たちに、見てもらうことにした。

まず、岡田にロレックスをプレゼントした羽島かおりである。彼女は、じっとモンタージュを見ていたが、

「知らない人ですわ」

十津川は、別に失望を感じなかった。

岡田孝男のマンションから持って来た女の写真を、全部、鈴木昭に見せたが、彼が見た女はいないということだったからである。

どうやら岡田は、いつもつき合っていた女性たちとは違う、新しい女と一緒に、豊島園に行ったらしい。

「ですから、なお更、新井修の女という感じがするんですが」

と、亀井がいった。

「新井が、その女に岡田孝男を殺させたというわけかねえ」

「そうです。とにかく、現在、共同経営のイタリアンレストランは、新井のものですし、岡田にかかっていた三億円の保険金も、新井のものです」

「動機にしては、十分か」

「十分すぎますよ」

と、亀井はいった。

「サングラスの女だがねえ」

と、十津川は考えながらいった。

「ひょっとして、新井が、われわれに寄越した手紙の中に書いてある女じゃないかね？」

「笠井麻美《かさいまみ》という女ですか？」

「そうだ」

「しかし、警部。笠井麻美などという女性は、実在するかどうか、わからんのですよ。警察に追われた新井が、自分を有利にしようとして、創《つく》りあげた架空の女かも知れないんです」

「架空のねえ」

「もし、新井が本当に、罠《わな》にはめられたのなら、なぜ、出頭して全てを、打ち明けないんでしょうか？」

「なぜなのかは、私にもわからないな。話をしても、警察には信じてもらえないと、思い込んでいるのかも知れないし、カメさんのいうように、彼が、クロのセンかも知れない」

「私は、クロだと思いますねえ」

と、亀井はいってから、

「青森県警からは、その後、何かいって来ましたか？」

「浅虫温泉から、新井がどこへ行ったかを、今、調べているところらしい。もし、東京に戻っていたとすると、今度の殺人に、彼が絡んでいる可能性も出て来るね」

と、十津川はいった。

「今のところ、新井の行く先は、不明ですか？」

「そうなんだ。青森県警では、引き続き青森駅周辺を見張っているらしいが、まだ、新井の消息はつかめていないみたいだよ」

「警部は、新井が浅虫温泉から、どこへ向かったと思われますか？」

「私にも、わからないんだ。新井が、浅虫温泉にいたということは、彼が、青森へ行こうとしたことを意味している。そして、多分、警戒が厳重なのに驚いて、浅虫温泉に逃げたんだろう。だから、青森には、行かないと思うね。行けば、逮捕される危惧《きぐ》があるからだよ。とすると、彼が行くのは、北か、南かだ」

「北というと、北海道ですか？」

「カメさんなら、どこへ行くね？」

「逃げるなら、なるべく遠くへ逃げようとするでしょうね。北海道か、九州かへ」

「新井も、そうしたろうと思うんだが、彼の場合は、ただ逃げるだけじゃないような気がするんだよ」

「と、いいますと？」

「もし、新井が、濡《ぬ》れ衣《ぎぬ》を着せられているのだとしたら、彼は、逃げるだけでなく、真犯人を捕らえようとするだろうね。また、列車内での殺人が、新井にとって犯罪の第一歩だったら、次々に殺人を重ねていくかも知れない。どちらにしろ、ただ逃げるだけじゃないような気がするんだよ」

と、十津川はいった。

「すると、どちらにしろ、新井は、東京に舞い戻って来ている計算になりませんか？」

「そうかな」

「車内で殺された浜野みどりは、東京の人間ですし、今度、毒殺された岡田孝男も、東京の人間です。無実の証明をするためでも、第二の殺人を行うためでも、東京に来なければならないんじゃありませんか」

と、亀井がいう。

「もう一人、考えなければならない人間がいるよ」

「誰ですか?」

「笠井麻美という女さ」

と、十津川はいった。

3

「警部は、新井が寄越した手紙を信じておられるんですか?」

亀井が、意外そうな顔をして、十津川にきいた。

「別に、信じたわけじゃない。しかし、カメさん、岡田孝男のマンションから持って来た女の写真の中に、一緒に、シャトル・ループに乗っていた女は、いなかった。少なくとも、遊園地の従業員の証言によれば、該当する女はいなかった。とすると、新井が、手紙の中に書いて来た笠井麻美という女である可能性もあるわけだよ。もちろん、他の女の可能性もあるがね」

「笠井麻美が、実在するんでしょうか? 新井が、自分の罪を逃れるために、勝手に創りあげた女ということは、考えられませんか?」

「正直にいうと、わからないんだよ。架空の女かも知れない。笠井麻美というサインがあっても、そんなものは、いくらでも、作れるからね。町で出会った女に金をやって、笠井麻美と署名してくれといえばいいんだからね」

「そうですよ。私は、いかにも、笠井麻美というもっともらしい名前が、かえって怪しいと思っているんです。いかにも、作りものめいていますからね」

「しかし、カメさん。だから、逆にいって、ひょっとすると実在の人物かも知れないという気もしてくるんだがね」

「もし、笠井麻美が、実在の女だとすると、どういうことになりますか？」

と、亀井が、きいた。

「二つの考え方があるね」

と、十津川はいった。

「どういうことですか？」

「第一の考えは、新井修の手紙を全て信用する立場だよ。この考え方に立てば、新井は、笠井麻美という女に罠にはめられて、殺人の罪を着せられ、逃げ廻っていることになる。第二の考えは、新井は、実際に、『ゆうづる5号』の中で、浜野みどりを殺した。まあ、かっとして、殺したんだろう。殺してしまってから、真っ青になった。

何とかしなければならないと思うが、車掌に、女と一緒のところを見られているから、どうにもならない。そこで、苦肉の策として、女が入れ替わったことにしようと考える。自分を恨んでいる笠井麻美という女がいたのを思い出し、彼女が自分を罠にかけたことにしたというわけだよ」

「それと、今度の殺しと、繫《つな》がりますか？」

と、亀井が続けてきいた。

「第一の場合なら、簡単に繫がってくる。『ゆうづる5号』で、新井修を罠にかけた笠井麻美が、今度は、岡田孝男を殺したことになる。笠井麻美の連続殺人というわけだよ。第二の場合は、少し複雑になってくる。新井が何とかして、自分の犯行を笠井麻美という女のせいにしようと考えた。そこで、われわれに、あんな手紙を送りつけて来た。もちろん、それだけで警察が信じるわけがない。何とかして、信じさせる必要がある。そこで、新井は、危険を冒して、青森から、また東京へ戻って来た。そして、チャンスを窺《うかが》っていた時、たまたま、笠井麻美が共同経営者の岡田と、豊島園で遊んでいるのを見つけた。チャンス到来だ。どうやったのかわからないが、新井は、シャトル・ループに乗る寸前の岡田に、青酸を飲ませた。例えば、カプセルに入れてね。彼が、シャトル・ループに乗っている間に、カプセルが溶けて、岡田は、急死する。笠井麻美は、びっくりして、逃げてしまった」

「なるほど。その可能性はありますね」

と、亀井が、肯《うなず》いた。

「いや、可能性はあるが、問題は、どうやって岡田孝男に、青酸カリを飲ませたかだね。笠井麻美が、実在していたとし、彼女が岡田孝男と一緒だったとしても、彼女の眼を盗んで、新井が、どうやって、岡田に、青酸を飲ませたのか、わからない。カプセルなら、その厚さを加減することで、溶ける時間を、調整できるが、問題は、それを、うまく飲ますことが出来るかどうかだよ。岡田が、ビタミン剤とか肝臓薬などを常用していれば、そのカプセルの中に青酸を入れておくことは可能だがね」

「今まで調べたところ、そんな習慣はなかったようです。彼のマンションからも、そうした薬は見つかりませんでした」

「最近、身体が不調で、何か薬を飲み始めていたということもなかったみたいだね？」

「そうですね、医者にかかっていた形跡もありませんし、岡田孝男の周りの人たちにきいても、彼は頑健そのものだったといっています」

「すると、カプセルを簡単に飲むことはないわけだね」

「そう思います」

「岡田は、新井が殺人容疑で追われていることは、知っていたんだろうか？」

「知っていたと思いますよ。新聞には、一応、重要参考人になっていますが、誰が見ても、警察が、犯人と見ていることは、わかりますから」

「そうだとすると、新井が突然現れて、カプセルをすすめても、飲まんだろうね？」

「それは飲まないと思いますね」

「缶ビールやジュースの中に入れている形跡もなかったしね」

「そうですね。カプセル以外の方法だと、青酸を飲んだのは、シャトル・ループに乗ってからということになりますから、空き缶などが、その乗り物の中に残っていなければおかしいんです」

「飲んだあと、外へ投げ捨てたということはないのかな？」

「その可能性もあると思って、あのシャトル・ループの周囲を、西本君《にしもと》たちが、調べました。空き缶が、いくつか見つかったようですが、青酸反応のあったものはありません」

「すると、残るのは、菓子の線だね。チョコレートに入れて食べさせるとか、何かに塗って食べさせたということだろう。それなら、あとに何も残っていなくても、おかしくはない」

十津川はいい、丁度詳しい解剖報告が届いたので、亀井と、それに眼を通した。

死亡推定時刻は、別に関心はなかった。

シャトル・ループに乗っている間に死亡したことは、明らかだったからである。

十津川が興味を持ったのは、胃の内容物だった。

被害者の胃の中には、まだ、消化されずに残っていたものがあり、それによると、どうやら、岡田は、少し遅い昼食に焼き肉料理を食べたようだった。

独身の岡田が、自分で料理して食べたとは思われないし、彼のマンションのダイニングキッチンには、事件の日、料理をした形跡はなかった。

どこかで焼き肉料理を食べ、それから女と一緒に豊島園へ来たに違いないのだ。

その店が見つかれば、何か女のことがわかるのではないか。

岡田は、ポルシェも持っていたが日頃、ベンツのオープンカーを乗り廻していた。

ポルシェに乗っていた新井への対抗意識からかも知れない。

ベンツは、今、日本でいくらも走っているが、オープンカーというのは珍しいから、目立つ筈である。

豊島園にも、その車で来たに違いないのだが、駐車場を、いくら探しても、車は見つからなかった。
問題の車が豊島園から離れた場所で見つかったのは、事件の二日後である。

4

クリーム色のそのベンツは幌《ほろ》をかぶせた状態で、上野駅近くにとめてあった。
「またか」
と、十津川は呟《つぶや》いた。
新井のポルシェが見つかったのが、不忍池《しのばずの》の傍だったからである。
十津川と、亀井は、すぐ車を見に出かけた。
やはり、この前と同じ、不忍池の傍だった。
十津川は、幌をたたみ、座席の中を調べてみた。
鑑識が一緒に来て、指紋の検出作業を始めたが、
「どうも、手袋をはめて運転していたようですね」
と、十津川にいった。
予測していたことなので、十津川は肯いただけである。

亀井が運転席のアクセルペダルの付け根あたりから、マッチを一つ見つけ出した。その顔がニヤッと笑ったのは、新宿の焼き肉料理の店のマッチだったからである。

多分、岡田は、この店で、いくらか遅い昼食をとり、それから、この車で豊島園へ行ったのだろう。

ベンツは、捜査本部へ廻しておくように手配してから、十津川と亀井はパトカーで、新宿に向かった。

新宿二丁目の裏通りにある焼き肉店だった。

店の中に入っただけで、焼き肉と、ニンニクの強い匂いがした。

有名な店らしく、十津川の知っているタレントが、四、五人の仲間と食事に来ていたりする。

十津川は、店のマスターに、岡田孝男の写真を見せて、二日前に、来なかったかどうか、きいてみた。

「ああ、いらっしゃいましたよ」

と、四十五、六のマスターは、あっさりと肯いた。

「間違いありませんね？」

大事なことなので、十津川は、念を押した。

「ええ。岡田さんは時々、見えるんですよ。ご自分で、レストランをやっておられるんですが、うちみたいな焼き肉料理も好きだとおっしゃいましてね。豊島園で、亡くなられたことは、もちろん知っていますよ。考えてみると、うちへ来られた日に亡くなられたんですね」

「そうです。何時頃、岡田さんは、来たんですか？」

午後一時過ぎでしたね。

「ひとりですか？」

「いや、女の人が一緒でしたよ。若くてきれいな方でした」

「この人ですか？」

十津川は、豊島園で岡田と一緒だった女のモンタージュをマスターに見せた。

「よく似ていますね」

と、マスターはいった。

「二人の他に誰かいませんでしたか？」

と、亀井がきいた。

「お二人だけでしたが——」

と、マスターはいってから、

「ただ、妙な男の人がいましたね」

と、付け加えた。

「どんな男です？」

「岡田さんたちがお店に来たあとで、一人で入って来たお客なんですがね。奥のテーブルで食事をなさっていたんですが、サングラスを店の中でも外さないし、店の者が料理を運んで行くと、顔を見せないようにしていましたからね。それに、岡田さんたちが、店を出ると、その男の人もあわてて、その後を追って出て行きましたよ」

と、マスターは、いった。

「顔は覚えていますか？」

「それが、今いったように、ずっとサングラスをかけていたし、私たちが近づくと、顔をそむけてしまいますからねえ。年齢は三十歳くらいで、背の高い男の人でしたよ。あれは、岡田さんたちを尾行していたんじゃありませんかねえ」

「他に、その男のことで覚えていることはありませんか？」

「ああ、ライターを忘れていかれましたよ。初めて来た方なんで、どこへ届けていいかわからなくて、うちで預かっていますが」

マスターは、そのライターを持って来た。

ジッポーのライターで、今時珍しいオイルライターだった。

十津川は、それをハンカチで受けながら、

「このライターに触ったのは誰ですか？」

「私と、それを見つけたウェイトレスの二人が触りましたが」

マスターは、びっくりしたような顔でいった。

「怪しいサングラスの男の忘れ物であることに、間違いはないんですね？」

「それは、間違いありません」

「では、あなたと発見したウェイトレスの指紋を採らせて下さい。残りの指紋が、サングラスの男のもの、ということになりますから」

と、十津川は、いった。

マスターは肯いて、ウェイトレスも呼んで協力してくれた。

新井修の指紋は、彼のマンションからいくらでも採取することが出来た。

ジッポーのライターから採れた指紋は、三種類である。

焼き肉料理店のマスターの指紋、
ウェイトレスの指紋、
三人目の指紋を、新井のものと照合した。

その結果は予想どおりだった。

新井修の指紋と、一致したのである。

「やっぱりでしたね」

と、亀井は嬉《うれ》しそうにいった。

「新井が、犯人ということになるのかね？」

「少なくとも、彼が東京にいたこと、岡田孝男の近くにいたことは、間違いないと思いますね」

と、亀井はいう。

「サングラスの男が、新井で、岡田孝男と女を尾行し、豊島園で、岡田を毒殺したのかな？」

「そのあと、岡田のベンツを運転して上野へ逃げたのではないかと思います。今、あの不忍池の周辺でき込みをやっていますから、目撃者が見つかると思っています」

「女はどうなったのかね？」

「笠井麻美ですか？」

「名前は、わからないが、豊島園と、新宿の焼き肉店で一緒だった女だよ」

「彼女のことは、こう考えてみたんです」

と、亀井が、眼を光らせていった。

十津川は、聞き役に廻ることにした。

「彼女の名前が、笠井麻美かどうかは、わかりません。しかし、彼女は新井と組んでいたのではないかと思うのです」

「新井の女ということかね？」

「そうです。新井は、かねがね、パートナーの岡田を殺して、店と三億円の保険を手に入れようと考えていたんじゃないでしょうか。もう一つ、慰謝料を請求してくるうるさい女、浜野みどりも始末しようと思っていたことが、考えられます。そういう人間がいるものです。自己中心的で、自分に都合の悪いものは認めないし、欲しいものは相手を殺してでも手に入れるという人間です。新井は、そんな男だったんじゃないかと思いますね」

「それで、まず、浜野みどりを殺したか？」

「そうです。ただ、『ゆうづる5号』の車内で殺すつもりではなかったんじゃないでしょうか？　ゆっくり、北海道へ行き、向こうで殺そうと考えていた。計画も練っていたと思いますねえ。車内で、しかも、二人用の個室で殺すなんて、愚の骨頂です。一緒に乗っていた男が、疑われるに決まっていますからね」

「すると、かっとして、予定外で殺してしまったということになるのかね？」

「新井が、犯人ならばです。あわてた新井は、別の女が、犯人ということにし、笠井麻美という、もっともらしい名前を考えたわけです。新井は、自分のミスで警察に追われることになってしまったわけですが、共同経営者の岡田を殺す計画は捨てずに、共犯の女と、実行したんだと思います。女が岡田と同行し、豊島園へ行って、青酸を飲ませて殺したんです」

「しかし、新井は、いぜんとして、警察に追われ続ける筈だよ。彼は、それをどうやって、かわす気でいるんだろう？」

「きっと、全てを笠井麻美という女のせいにする気ですよ。『ゆうづる5号』で、浜野みどりを殺して、自分を罠にはめたのも、笠井麻美という女、豊島園で、岡田孝男を毒殺したのも笠井麻美だということにする気なんじゃないでしょうか。その女に、全てを押しつける気でいるんだと思いますね」

亀井は、断定するようにいった。

5

新井は、函館市内の旅館で、パートナーである岡田孝男の死を知った。

岡田の死は、驚きだった。が、それは普通の意味でいう驚きではなかった。

正確にいうと意外だったというべきだろう。

新井は、ここでいつ現れるかわからない笠井麻美を待ちながら、自分に罠をかけた人間について、あれこれ考えていた。

何人か、容疑者が浮かんだ。

岡田は、その中の一人だったのである。

彼には動機がある。十分すぎるほどの動機である。

あのイタリアンレストランは、岡田と二人で、資金を出し合って建てた。そして、片方が死ぬか、経営が出来ない状況に追い込まれた場合は、経営権は全てパートナーのものになるという契約にしてあった。

それに、三億円の生命保険のことがある。

今、新井が死ねば、殺人をやって警察に追い詰められたので、自殺したと考えるだろう。そして三億円の保険は、岡田の手に入る。

直接、新井を殺したのでは、疑いが自分に向けられると思った岡田が、考えた末に新井に罠をかけた。

そう考えたりもしていたのだが、その岡田も殺されてしまった。

だから、意外な気がしたのである。

新聞には、豊島園で、岡田が死んだ時、若い女が一緒だったと、書かれていた。なかなか美人で、警察は、その女を探しているともいう。

（笠井麻美ではないのか？）

とも新井は考えた。

その女を見た、シャトル・ループの係員の証言ものっていた。

身長は、一六五、六センチで、すらりとした美人だったという。しかし、これだけでは、その女が笠井麻美かどうかは、わからなかった。

もし、彼女だとすると、どういうことになるのだろうか？

新井は、彼女が、自分に恨みを抱いていて、その復讐《ふくしゅう》のために罠にはめたのだと考えていた。

しかし、彼女が岡田孝男をも殺したのだとすると、考えを少し変えなければならなくなってくる。

動機が複雑になって来るからである。

犯人は、新井に対して恨みを抱いているだけでなく、岡田をも恨んでいることになるのか。

岡田も新井と同じように、なかなか遊び人だし、それを自慢にしていた。岡田がいい気になって遊んでいて、手をつけたホステスがヤクザと関係があって、危うく殺されかけたことも、新井は知っている。

ただ、二人は暗黙の中《うち》に同じ女には手を出さないことを決めていたし、お互いのプライバシイには、干渉しないことにしていた。

だから新井は、岡田が、どんな女とつき合っていたか、知らなかった。

(ひょっとすると、同じ女とつき合っていて、その女か、家族から恨みを買ってしまっていたのだろうか？)

と、考えてみた。

あり得ないことではない。

新井は、改めて自分のつき合った女の顔を思い出してみた。

殺された浜野みどりも、その一人である。

しかし、彼女は、殺されたのだから犯人の筈はない。

また、彼女の家族や知人が、犯人でもないだろう。

（もう少し岡田のことを知っておけば良かったな）

と、新井は思う。

新井が、岡田のことで、気を使っていたのは、金の面で自分を裏切らないかどうかということで、彼がどんな女と、つき合おうが関心はなかった。

だが、こうなってくると、彼の私生活まで知っておけば良かったと思う。

新井は、今日もまた旅館を出て函館駅に向かった。

何の成算もないのだが、あの女が青函連絡船に乗ってやって来ることに、新井は賭けていた。

他に彼女を探す方法がないこともあった。笠井麻美という名前も、本名かどうかわからないし、住所も知らないのである。

連絡船で、北海道へ行きたいといった彼女の言葉しか、手掛かりはない。あの言葉もでたらめなら、新井には全く打つ手がないことになってしまう。

青函連絡船が函館に着く時間は、次のとおりだった。

四時二五分

九時一五分
一一時二〇分
一四時〇五分
一六時〇五分
一八時五〇分
二〇時五五分
二三時四五分

新井は早朝から、連絡船の到着を見守り続けた。

岡田が東京で殺されてから三日目のことである。

一八時五〇分着の連絡船「十和田《とわだ》丸」で、とうとう、あの女が、姿を見せた。

6

それは、まるで奇跡のように見えた。

新井は眼をこすったが、何度見直しても、あの笠井麻美だった。

船とこちらの桟橋をつなぐ連絡橋を渡って、彼女が他の乗客と一緒に降りて来る。

新井は、駆け寄って襟首《えりくび》をつかんでやろうとして、危うくとどまった。

彼女と一緒に男が降りて来たからである。
三十五、六歳で、がっしりした身体つきの男だった。
身長は、一八〇センチ近い。濃いサングラスをかけ、小さなボストンバッグを提げていた。

どんな仕事をしているのか、わからない男だった。

二人はニコニコして喋《しゃべ》りながら降りて来る。

（恋人だろうか？）

しかし、そんなことは構っていられなかった。

何としてでも、殺人容疑を晴らさなければならないのだ。

男は、彼女の腰に手を廻すような感じで降りて来ると、列車の出発するホームには向かわず、改札口に向かって歩いて行く。

新井は、しばらく、様子を見ることにして、二人のあとをつけた。

二人が改札口を出る。

新井も、入場券を渡して改札口を出た。彼等は、今日は、函館で泊まるつもりなのだろうか？

二人は、まっすぐ、駅の近くにあるKホテルへ、入って行った。

新しく出来た十一階建てのホテルである。

新井はサングラスをかけ、少し遅れて、ロビーに入って行った。

二人が、フロントで、宿泊カードに記入し部屋のキーを貰っている。

(別々の部屋か)

と、思った。

これなら何とか笠井麻美をつかまえて、なぜ、罠にはめたのか、それをきき出すことが出来るだろう。

二人は、それぞれボーイに案内されてエレベーターで、あがって行った。

新井は、いったん、ホテルの外へ出ると近くの公衆電話で、Kホテルへかけた。

「そちらに、笠井麻美さんが、泊まっていると思うんだけど?」

と新井は、いった。

それも賭けだった。彼女が別の名前で泊まったかも知れないからである。その時は、また別の手で、彼女の部屋番号を調べなければならない。

「はい、お泊まりになっていらっしゃいます」

とフロントがいった。

「何号室かわかりますか？」

「八一六号室です」

「どうも――」

といって、新井は、受話器を置いた。

時間を置いて、押しかけるという気持ちの余裕はなかった。

新井は、ホテルへ行き、ロビーを通ってエレベーターに乗った。

内ポケットには、函館で買ったナイフが入っている。それで、彼女を殺す気はなかった。

そんなことをしたら、本物の殺人犯になってしまう。ナイフで脅して本当のことを喋らせるつもりだった。

八階でエレベーターを降りた。

廊下に沿って、ルームナンバーを確かめながら、歩いて行った。

８１６のナンバーのドアの前で、立ち止まる。

ポケットから二つに折れたナイフを取り出し、ぱちんと、音を立てて刃を出した。

ベルを鳴らした。

「どなた？」

という女の声が聞こえた。新井は、声を押し殺して、

あの女の声だった。新井は、声を押し殺して、

「ルーム係ですが、ちょっと用がありまして」

「何の用かしら？」

と、いう声がして、ドアが開いた。

あの女の顔がのぞく。

新井は、彼女の胸を片手で突いた。

「あッ」

と、彼女が悲鳴をあげて床に倒れ込む。

新井は、右手にナイフを持って部屋の中に押し入った。

後ろ手にドアを閉めた。

彼女がまた悲鳴をあげた。ここまでは、新井の予想していたことだったが、その時

突然、

「何をするんだ！」

という男の怒鳴り声がして、バスルームから、大男が飛び出して来た。

連絡船から、彼女と一緒に降りて来たあの男だった。

はっとして新井がひるんだ時、男の拳《こぶし》が顔面に飛んで来た。

強烈なパンチだった。

新井の身体がはじき飛ばされて、壁にぶつかった。

立ち直ろうとするところへまた、男の拳が襲った。今度は腹だった。一瞬息がつまった。

新井は思わず、がくんと床に膝《ひざ》をついた。

今度は膝蹴りだった。顔をやられ、新井の口から血が噴き出した。

（このままでは、殺される——）

と、思った。

新井は態勢を立て直すとナイフで男に切りつけた。

男の右手から血が飛び散った。

「この野郎！」

と、男が、吠《ほ》えるような声を出した。

新井は、また男に思い切り蹴飛ばされ、壁に叩きつけられた。倒れたところを、今度は頭を蹴られた。

眼がくらんで、頭がじーんとなった。

「この野郎！」

と、また、男が叫んだ。

新井はその声に向かってナイフを突き出した。

「うおッ」

と、男が、唸《うな》り声をあげた。

ナイフが、男の胸に突き刺さり、噴出する血が新井にはね返ってきた。

男の大きな身体が、どさっと鈍い音を立てて、床に倒れていった。

背後で悲鳴が聞こえた。

振り向くと、いつの間にかドアが開いていて、ホテルの従業員や他の泊まり客が呆《ぼう》然《ぜん》として見つめているのだ。

新井は、はじかれたように部屋を飛び出し、階段に向かって逃げた。

非常階段を一階に向かって駈けおりた。遠くでパトカーのサイレンの音が聞こえた。

新井にとって幸いだったのは、周囲が、暗くなっていたことだった。

パトカーが駆けつけるより一瞬早く、新井はホテルを出て函館の町の中に逃げ出すことが出来た。

暗い場所を選んで歩き公衆トイレを見つけて、入った。

顔や手に返り血がついている。それをトイレの水道で洗った。

上衣にも血が附着しているので、脱ぎ捨てた。

（あの男は死んでしまったんだろうか？）

もし、そうなったら、本物の殺人犯になってしまう。

旅館に戻ると、裏口からそっと入った。

改めて鏡で見ると、ズボンにも少しだが血がついていた。

手の血も、完全には洗いきれてはいない。新井は風呂に入り、石鹸《せっけん》で、何度も身体を洗った。

もうあのホテルは、大さわぎになっているだろう。

笠井麻美も、ホテルの従業員も、犯人はこんな男だったと警察に新井の特徴を喋るに違いない。

警察はどうするか？

まず、函館中のホテルや旅館に照会してこういう男が、泊まっていないかどうか、調べるだろう。

（ここにいるのも、危険だな）

と、新井は思った。

あわただしく支度をし、帳場には急に用が出来たからといって、旅館を出た。

すでに夜の九時に近い。

新井はタクシーをつかまえて乗ると、

「少し遠いが、札幌まで行ってくれないか」

といった。

一刻も早く、なるべく遠くへ行きたかった。札幌まで出れば、あとはどうにか逃げられるだろう。

車が動き出すと新井は眼を閉じた。急に深い疲労が襲いかかってきた。

うとうととして眼を開けた。

まだ三十分も走っていなかった。

(どうなってしまってるんだ?)

新井は、今日の出来事を振り返った。まるで、悪夢のように思えて仕方がない。

やっとあの女を見つけて自分の無実を証明できるかなと思ったのに、逆に男を一人刺してしまった。しかも初めて会った男をである。

(これも、罠なのだろうか?)

そうだとしたら、二度も罠にはまったことになる。

車のラジオが、音楽を流していたが、やがて、十時のニュースになった。

〈今日、午後七時十分頃、函館市内のKホテルに突然若い男が入って来て、泊まり客の平田《ひらた》次男《つぐお》さん、三十五歳を、ナイフで刺して逃走しました。平田さんはすぐ救急車で病院に運ばれましたが意識不明の重体です〉

第四章　女の過去

1

十津川《とつがわ》は、最初、その事件に関心を持たなかった。

遠い函館で起きた事件だったし、刺された平田次男《ひらたつぐお》という男の名前に、全く、記憶がなかったからである。

しかし、二度目の報道を眼にして、おやっと思った。新聞のニュースには、次の名前が、加わっていたからである。

〈函館のKホテルで起きた傷害事件で、被害者の平田次男さん（三十五歳）は、実は、自分の部屋ではなく、同じ階の泊まり客、笠井麻美《かさいまみ》さん（二十七歳）の部屋で刺されたことがわかった。笠井さんの話によると、平田さんとは連絡船の中で親しくなり、一緒に北海道旅行をすることになった。函館に着いたあと、Kホテルに泊まり、平田さんが、彼女の部屋に明日の旅行の打ち合わせに来ていたところへ、犯人が飛び込んで来て、いきなり、持っていたナイフで、平田さんを刺したという。平田さんは、東京で建設業を営んでおり、犯人が、『思い知ったか！』と叫んで、刺したということから、仕事上のことで、犯人が、平田さんを恨んでいたのではないかと、警察は見ている〉

（笠井麻美？）

十津川が亀井《かめい》の顔を見ると、亀井も同じ疑問を持ったとみえて、こちらを見ていた。

「同じ女でしょうか？」

と、亀井がきく。

「あまり沢山あるという名前じゃないからねえ」

「もし、新井《あらい》が手紙に書いて来た女と同一人とすると、どういうことになるんでしょうか？」

「とにかく、向こうの警察にきいてみるよ」

と、十津川はいった。

函館警察署に電話を入れた。

この事件を担当している谷岡《たにおか》という警部が電話に出てくれた。

「実は、刺された平田次男について、そちらで調べて頂こうと思っていたんです」

と、谷岡はいった。

「喜んで引き受けますが、刺した犯人はわかっているんですか？」

「被害者と一緒にいた女性と、ホテルのフロントが見ていますので、今、モンタージュを作っているところです」

「女性は、笠井麻美という名前でしたね？」

「そうです」

「今、どうしていますか？」

「一応、事情聴取が終わったので、ホテルに帰しました。明日中に、北海道旅行に出発すると、いっていました」

「出発してしまうんですか？」

「彼女が刺したわけじゃありませんからね。それに、運転免許証で、住所も確認しています」

「その住所を教えて頂けませんか？」

十津川が、きくと、谷岡は、

「彼女は、犯人じゃありませんよ」

「それは、わかっていますが、ちょっと、彼女をマークしたいことがありましてね」

と十津川はいい、谷岡がいった住所をメモにとった。

「それで、平田次男が刺された理由は、わかったんですか？」

と、十津川はきいた。

「まだわかりません。笠井麻美も、平田次男とは知り合って間がないので、彼のことを、よく知らないと、いっているんです。それで、そちらで被害者のことを調べて下されば、何かわかるかも知れないと、思っているんですが」

「そうですか」

「ちょっと待って下さい」

「どうしたんですか？」

「今、病院から連絡がありました。平田次男が死んだということです」

「殺人事件になりましたか」

と、十津川は呟《つぶや》いた。

2

十津川は、谷岡に、笠井麻美の筆跡があったらファックスで送ってくれるように頼んでから、亀井と、平田次男のことを調べに出かけた。

平田の住所は、杉並区《すぎなみく》下高井戸《しもたかいど》である。

パトカーで行ってみると、三階建てのビルの一階に、「平田建設」の看板がかかり、二階と三階が、住居になっていた。

しかし、店は閉めていて「臨時休業」の札が、下がっている。

十津川たちは、近くの果実店で、平田次男のことをきいてみた。

四十五、六歳の店の主人は、まだ、平田が死んだことを知らなくて、十津川が、函館で刺殺されたというと、びっくりした顔になって、

「じゃあ、ヤクザに、殺されたんですか？」

「なぜ、そう思うんです？」

「なにね。あの平田って男も、元は――組員だったんですよ」

「ほう」

「ヤクザの足を洗って、建築の仕事をやって社長なんて呼ばせていますがね。酔っ払ったりすると、地が出て、すぐ、相手を殴りつけたり、刃物を振り廻したりするんで、みんなが怖がっていたんです」

と、果実店の主人は、眉をひそめていった。

「家族はいるんですか？」

「奥さんがいましたけどね。酔うと乱暴をするんで、逃げ出して、今は独りでしたよ」

「笠井麻美という女性が来たことは、ありませんでしたか？」

「うん、女を連れて歩いてましたが、名前までは、知りませんね」

と、相手はいった。

十津川と亀井は「平田建設」に戻り、表の扉をこじ開けて中に入った。

電気をつけた。

「何を探します？」

と、亀井がきいた。

「平田が関係していた女のことがわかるものが欲しいね。写真でも、手紙でもいい」

と、十津川はいった。

一階の事務所だけでなく、二階、三階の住居も含めて、二人は手紙や写真を探した。

手紙は、これはというものがなかったが、女と一緒に写っている写真は、何枚もあった。

「なかなか、お盛んだったようですね」

と、亀井が、苦笑した。

人妻風の女もいれば、ひと目で、ホステスとわかる女の写真も、あった。

「この中に笠井麻美がいるのかな?」

「函館署へ送って、確認してもらいますか?」

と、亀井がきく。

「笠井麻美のマンションはわかっているから、その管理人に、確認してもらうよ」

と、十津川はいった。

他に、三階では猟銃二丁が見つかった。

果実店の主人の話だと、平田はヤクザの足を洗ったといっていたらしいが、まだ組関係とは、つながりを持っていたらしく、組の手拭や、バッジも、出て来た。

十津川と、亀井は、見つかった女の写真を全部持って外へ出ると、今度は、笠井麻美のマンションに、車を走らせた。

四谷三丁目にある洒落《しやれ》たマンションだった。

五階の五〇六号室の郵便箱に「笠井」の名前があった。

「実在の女だったんですね」

と、亀井がいった。

十津川が、管理人室へ行き、平田の家から持って来た十二枚の写真を、中年の管理人に見せた。

「この中に、笠井さんがいますか？」

と、十津川がきくと、管理人は、面白そうに、一枚ずつ見ていたが、

「いませんよ。この中には」

「彼女の写真をお持ちですか？」

「いや、持っていませんが、もっときれいな女性ですよ」

と、管理人はいう。

「すると、相当魅力的な女性ですね？」

「そりゃあね。いい女ですよ」

「何をしている女性ですか？」

と、十津川はきいた。

「なんでも、独立して、仕事をしていると、いってましたね。カタカナの広告の仕事

――」

「コピーライター」

「ああ、それです」

「男性関係はどうです？　男が訪ねて来ることなんか、ありましたか？」

「一度か二度見かけたかな」

「ここに写っている男ですか？」

十津川は、女と一緒に写っている平田次男の顔を指さした。

管理人は、手を振って、

「そんないかつい男ではありませんよ。もっとすらりとした、美男子ですよ」

「その男をいつ見たんですか？」

「いつだったかなあ――」

「最近ですか？」

「いや、何ケ月か前です。そういえば、最近、見ませんねえ」

と、管理人はいった。

3

十津川は、友人の新聞記者田口《たぐち》に電話して、知り合いにコピーライターは、いないかときいてみた。

「コピーライター？　まさか、愛される警察の宣伝文句を考えてもらう気なんじゃあるまいね？」

と、田口が笑った。

「ある女性コピーライターのことを、いろいろ知りたくてね」

「有名なコピーライターなのかい？」

「わからないが、そんなに有名じゃないと思うね」

「その業界に詳しい人間を見つけて、あとで紹介するよ」

と、田口はいった。

翌日、田口から、中山《なかやま》という男を紹介されて、新宿にある彼の事務所に会いに行った。

広告関係の雑誌をやっている男だった。

「笠井麻美というコピーライターを調べているんですが、ご存知ですか？」

と、十津川はきいた。

中山は、分厚い名簿を持ち出して、ページを繰っていたが、

「ああ、いますね。まだ、新人ですよ。笠井麻美、二十七歳。S大の美術部を出ています。住所は――」

「それは、いいんです。誰か、彼女のことをよく知っている人は、いませんかね」

「ここに、JA企画から独立したとありますから、ここへ行って、おききになったら、どうですか？」

と、中山はいい、JA企画のある場所を教えてくれた。

JA企画は、六本木にあった。

昼間でも、若者たちが溢《あふ》れている。雑居ビルの五階にあったが、その下は、今はやりのプールバーである。

ここでは、責任者の若杉《わかすぎ》という男に会った。

「笠井君のことなら、よく覚えてますよ。何しろ、美人でしたから」

と、若杉は、ニコニコしながら、十津川にいった。

「ここには、どのくらい、いたんですか？」

「大学を出て一年、別の会社に勤めてから、うちへ来ましてね。今年の四月までいたんだから、四年間かな」

「どんな女性ですか？」

「今もいったように美人で、頭もいいし、才能もありましたよ」

「恋人はいたでしょうね？」

「そりゃあ、いましたよ」

「ご存知ですか？」

「いや、会ったことはないんですが、結婚する相手がいるというのは、聞いたことがあるんです。だから、ここを離れて、独立したいといって来た時は、てっきり、結婚するんだなと思いましたよ」

「それらしい話をしていたんですか？　ここを辞める時に」

「いや、彼女はしませんでしたが、僕が結婚式には花束を贈りたいから、教えてくれと、いったんですよ」

「そうしたら、彼女は、何といいました？」

「笑っていましたね。あの笑いは、何だったんだろう？　彼女に、何かあったんですか？」

急に、若杉は、不安気な表情になって、十津川を見た。

「いや、別に、何もありません。実は、彼女と、関係のあった男のことを、調べているんです。新井修《おさむ》という名前を彼女から聞いたことはありませんでしたか？」

「新井ですか？」

「レストランを経営している三十歳の男です」

「知りませんね。彼女が結婚するといっていた相手ですか？」

「いや、違うと思います」

「彼女から、新井という名前を聞いたことはなかったと、思いますね」

と、若杉はいった。

「平田次男という建設業の男は、どうです？」

十津川は、平田の写真を、見せてきいた。

「この男とは、どんな関係なんですか？」

若杉が、逆にきいた。

「何かで知り合って、一緒に、北海道へ旅行に行っているんですがね」

と、十津川がいうと、若杉は、眉《まゆ》をひそめて、

「ちょっと待って下さいよ。彼女は、そんな女じゃありませんよ」

「と、いうと、どういうことですか？」

「彼女は、魅力的な女性だったから、男が、いろいろと、ちょっかいをかけて来ましたよ。しかし、彼女は、どちらかというと、かたい女性でね。ホイホイ、男とつき合うような女じゃなかったんです。うちの男の中にも、口説いて、ぴしゃりと、断られたのが、何人かいますからね」

と、若杉は笑った。

「それは、結婚する相手が、いたからですかね？」

「そうかも知れませんが、彼女の生まれつきの性格もあったと思いますよ」

「彼女の写真が欲しいんですが、ありませんか？」

と、十津川はいった。

若杉は、机の引き出しを調べたり、近くにいた人間に、きいたりしていたが、二枚の写真を見つけて、十津川に見せてくれた。

ＪＡ企画の全員（といっても五人だが）で、夏に沖縄へ行った時の写真と、笠井麻美が、ここで机に向かい、広告の文句を考えている写真だった。

五人で写っている写真は、小さくて顔が、はっきりしないが、スタイルのいいことは、水着姿なので、よくわかった。

もう一枚は、横顔が、大きく写っていた。

「横顔がきれいな女性ですね」

と、十津川はいった。

日本人には珍しく、鋭角な感じの横顔だった。

「彼女は、よく旅行していましたか？」

と、十津川は彼女の写真を見ながら、きいた。

「そんなに好きだったとは思えませんがね。私は、ものぐさなのって、いつもいっていたくらいですから」

「北海道に、彼女の親戚か、知人がいるんでしょうか？」

「さあ。わかりませんね。彼女の出身は、北海道じゃありません。確か山陰の松江ですよ」

と、若杉はいった。

4

笠井麻美という女について、少しずつわかって来たと、十津川は思った。

写真を手に入れた。

コピーライターで、結婚を約束した青年がいる。

故郷は、松江である。

そして、新井修のことがある。新井は、警視庁に手紙を送って来て、「ゆうづる5号」の車内で起きた殺人事件は、自分が犯人ではなく、笠井麻美に罠《わな》をかけられたのだと主張した。

次に、函館のホテルで、泊まり客の一人が、新井に殺されたが、そこには笠井麻美がいた。

十津川にしてみると、もっとその女のことを知りたかった。

彼女のことを、よく知っていると思われるのは、彼女の家族か、恋人ということになる。

十津川と亀井は、新宿区役所に行って、笠井麻美の住民票を見せてもらった。

若杉のいった通り、本籍地は、山陰の松江市内になっていた。

十津川は、それを手帳に書き出した。松江に行けば、彼女のことが、何かわかるかも知れない。

もう一つは、彼女の恋人である。彼に会えば、笠井麻美のくわしい話が聞けるだろう。

だが、なかなか、この恋人のことが、わからないのである。マンションの管理人は、この男を見たといったが、名前がわからないのだ。

若杉も知らないといった。

「彼女のマンションに入れれば、何かわかると思うんですが」

と、亀井が口惜しそうにいった。

「残念だが駄目だよ。彼女はまだ生きているんだし、犯罪に関係しているという証拠はないんだからね。令状を取ろうとしても、出ないと思うね」

と、十津川はいった。

「それにしても、笠井麻美という女の気持ちがわかりませんね」

亀井は、新宿区役所の近くの喫茶店で、十津川にいった。

十津川は、頼んだコーヒーを、ブラックで口に運びながら、

「なぜだい？」

「結婚を約束した男がいたわけでしょう。それなのに、平田次男のようなヤクザっぽい男と函館のホテルに泊まり、自分の部屋に入れたりしている。何を考えているのか、わかりませんね」

と、亀井がいった。

「普通に考えれば、カメさんのいうとおりだがね」

「ええ」

「彼女の恋人に、何かあったんじゃないかな」

「何かといいますと？」

「例えば、すでに死亡しているといったことさ。こうして調べてみて、彼女の恋人のことが、いっこうにはっきりしないのは、おかしいんだ。生きていれば、何か理由があって別れたにしろ、消息が聞こえてくる筈《はず》だよ。それがないのは、すでに死亡しているからじゃないかね」

「しかし、警部、普通は、死亡しても調べれば、何かわかるものじゃありませんかねえ。可哀そうにとか、惜しい人だったとかいう言葉です。それもありませんね」

と、亀井はいった。

「そうだねえ」

と、十津川も首をかしげて、考えていたが、

「まさか、実在しなかったわけでもないだろうが」

「それはないと思います。マンションの管理人も、それらしい男を目撃していますか

ら」

「すると、やはり、死亡したということになるね」

「しかも、笠井麻美が、彼の死を慎重にかくしてしまったんでしょう。だから、調べてもなかなか、彼の姿が、見えて来ないんだと思いますね」

「この分だと、もし、笠井麻美のマンションを調べても、彼の写真は、一枚もないかも知れないね。彼女が、焼却してしまっているだろうからね」

と、十津川はいった。

「しかし、そうなると逆に、ぜがひでも、彼女の恋人の正体を、知りたいですね」

と、亀井がいう。

「どうしたら、わかるかな？」

「彼女の友人全員に、当たってみるより仕方がありませんね。生きている恋人を、誰かに紹介している可能性があります」

「そうだね、それを、やってみよう」

と、十津川はいった。

5

十津川は、若い西本《にしもと》刑事たちも動員して、笠井麻美の友人の名前を調べ、その一人一人に、当たってみることにした。

彼女の大学時代の友人たち、コピーライターになってからの友人、それに、彼女は、大学を出てすぐの一年間、通信機メーカーで、事務をやっていたので、その時代の友人を捜し出して、話をきくことにした。

もう一つ、十津川は、島根県警に電話を入れ、松江にいる彼女の両親に、当たってもらうことにした。

西本刑事たち四人が、会った相手は、三十人を越えた。

女友だちの一人は、笠井麻美について、こう話してくれた。

「大学時代の彼女は、美人で、頭がよくて、マドンナって呼ばれていたわ。もちろん、男子学生には人気があって、何人もボーイフレンドがいたんじゃないかしら。卒業してからも時々、会ってたわ。彼女が、コピーライターになったのは、知ってたわ。頭がいいから、向いてると思った。一度、彼氏を紹介されたことがあるわ。一年くらい前だわ。背が高くて、美男子で、麻美に似合いの青年だった。名前ねえ。教えてくれたんだけど、忘れてしまったわ。その後？　二ケ月ほど前に、偶然、銀座で彼女に会ったわ。もちろん、彼氏のことを、きいてみたわ。前に会った時、結婚を考えてるみたいなことをいってたから。そしたら、たった一言、別れたわって、いっただけ。何があったのかわからないけど、びっくりしたわ」

　同じ大学時代の女友だちは、もう少し、笠井麻美の恋人について知っていた。

「名前は、確か、小杉《こすぎ》さんっていうんじゃなかったかしら。麻美が、そう呼んでいましたから。職業ですか？　どこかの会社の研究所に勤めている技術者みたいなことを、話していましたわ」

　麻美が一年間勤めていたS通信機の同僚にも、話をきいた。

　彼女は、ここで、広告、宣伝の仕事をやっていて、それが、あとでコピーライターの仕事につながったらしい。

「それは、彼女が、S通信機で働いていた頃じゃありませんわ。その頃、彼女とよく食べたり飲んだりしてましたけど、恋人の話なんか、一度もしませんでしたもの。辞めて、コピーライターになってからですよ。確か、前にS通信機にいたので、会社の広告の仕事を頼まれたんじゃないかしら。その時に、研究所の人と、知り合ったんだと思いますけど」

と、当時の友人で、今は結婚して、子供が一人いる女性が、証言してくれた。

島根県警からも、回答が寄せられた。

松江市内には、現在、笠井麻美の両親が住んでいる。

松江では、古くからやっている菓子店だということだった。

「両親は、長男夫婦と、同居しています。長男の名前は、笠井功一《こういち》。三十二歳で、すでに、結婚しています。この長男と両親から話をききました。麻美は、前にはよく帰って来ていたが、最近はぜんぜん帰らず、電話もないということです」

と、島根県警の刑事が、電話でいった。

「両親は、彼女に恋人がいることを、知っていたんですか？」

と、十津川がきいた。

「去年の夏に、連れて、帰郷したそうです。彼女より三歳年上で、名前は、小杉。物静かな青年で、両親は、気に入ったといっていましたね」

「その青年のことを、もう少し、くわしく話してくれませんか」

と、十津川はいった。

「その時は、三日間、泊まっていったそうで、そのあと、礼状が来たということで、そのハガキを、借りて来ました。ファックスで、送りますよ」

「それで、去年の夏のあとは、二人の関係は、どうなっているんですか？」

「両親は、てっきり、二人が、結婚すると思っていたようです。ところが、最近になって娘に電話をしてきいたところ、別れたといったそうです」

「別れたんですか？」

「ええ。両親は、びっくりしたが、本人が、別れたというのだから、仕方がないなと、思ったそうです」

と、県警の刑事はいった。

ファックスで、ハガキの文面が、送られて来た。

〈先日は、突然お邪魔したのに、温かく迎えて下さり、お礼の申しあげようもありません。

今年の夏は、東京は連日の猛暑で、げんなりしています。

皆様も、お身体に、気をつけて下さい。麻美さんと、また、そちらに、お邪魔することになるかも知れません〉

ハガキの表も、送られて来た。差出人の名前のところには、「小杉博《ひろし》」と書いてあった。

住所は、三鷹《みたか》のマンションだった。

亀井と、清水《しみず》の二人の刑事が、すぐ、そのマンションに、行ってみた。

三鷹駅からバスで十二、三分、まだ武蔵野《むさしの》の面影が残っているあたりである。

真新しいマンションや、建売住宅が、点在していた。

問題のマンションは、その一角にあった。

七階建ての白い建物で、駐車場も、ついていた。

その五〇七号室の筈だったが、一階の郵便受けを見ると、「佐藤《さとう》」の名前が、書いてあった。亀井と清水は、管理人に、会った。

「五〇七号室には、小杉という人が、住んでいた筈なんだが」

と、亀井がいうと、管理人は、あっさりと、

「ああ、いましたがね、亡くなりましたよ」

「亡くなった？　いつですか？」

「半年ほど前だったかな。車の好きな人でね。長野の方に、ドライブに行っていて、事故で、亡くなったんですよ」

と、管理人はいった。

「この人が、遊びに来ていませんでしたか？」

清水が、笠井麻美の写真を見せた。

「この人ね。時々、来てましたよ。二人とも背が高くて、似合いのカップルだなと、思っていたんですがねえ。人間、死んだら、おしまいですねえ」

「葬儀は、ここでやったんですか？」

「いや、亡くなったのが、長野ですからね。向こうで、荼毘《だび》に付して、そのあと、小杉さんの郷里へ遺骨を運んで、そこで、葬儀をしたと、聞きましたよ。あとで、お母さんという人が、あいさつに見えました」

「小杉さんは、ここから、どこの会社へ行っていたんですか？」

亀井が、きいた。

管理人は、笑って、

「どこって、あそこにある研究所ですよ」

と、二百メートルほど先に見える、大きな建物を、指さした。

緑に囲まれた大きな建物で、「S通信機三鷹研究所」の文字が見えた。

「なるほどね」

と、亀井は、肯《うなず》いた。

二人は、その研究所に向かって、歩いて行った。

西陽《にしび》が、照りつけてくる。亀井は歩きながら、ハンカチで、噴き出してくる汗を、何度も、拭いた。

広い駐車場には、所員たちの乗って来た車が、何十台も並んでいた。

窓がほとんどない四角い建物だった。

二人は、受付で、警察手帳を見せた。守衛が、所長室へ案内してくれた。

建物全体が、静かだった。

まだ、四十七、八に見える若い所長は、亀井の質問に、

「確かに、小杉君は、半年前まで、うちで働いていましたが、亡くなりましてね。関係がなくなりました」

と、いった。

「自動車事故だったそうですね？」

「そうです。うちの所員は、ほとんど全員が車で通っているので、運転には注意するように、いつもいってるんですがね。休みをとって、外へ出たので、油断したんでしょう」

「どんな事故だったんですか？」

「スピードを出し過ぎて、カーブを曲がり切れず、崖《がけ》から転落しての事故でした。惜しい人材でしたがねえ」

「小杉さんというのは、どういう青年だったんですか？」

「そうですねえ。頭も切れましたが、まじめで、スポーツマンタイプの青年でしたね。車が趣味で、月賦で、スポーツ・カーを買って、走らせていましたが、運転に自信を持ち過ぎたのかも知れません」

「恋人がいたのを、ご存知ですか？」

と、清水がきいた。

「そういう話を聞いたことがありますが、私は、その女性に、会っていないのですよ」

と、所長はいった。

二人は、もっとも、小杉と親しかった同僚に、会わせてもらった。

檜田《ひだ》という三十歳の男だった。

中庭に出ての話になった。

「彼に、彼女を紹介されたことがありますよ。結婚するつもりだって、はっきり、いっていましたよ」

と、檜田は、亀井にいった。

「この女性ですね？」

と、亀井は、笠井麻美の写真を見せた。

「そうです。この女性です。なかなか、きれいな人でしたよ」

「小杉さんが、自動車事故を起こした時のことを、覚えていますか？」

「ええ、覚えています。小杉は、運動神経抜群で、車の運転に、自信を持っていました。それが、かえって、いけなかったのかも知れませんね」

「長野で、転落事故を起こしたそうですが」

「ええ。僕も、車で、現場に行ってみました。急カーブのところでしたね。彼の車は、ガードレールを突き破って、十二メートル下に、転落したそうです。僕が行った時は、まだ、ガードレールが、こわれたままになっていましたね」

「小杉さんが亡くなったあとで、彼女と会いましたか？」

「いや、その後、ぜんぜん、会っていませんね。ここにも来ませんよ。見えたら小杉の思い出でも話し合おうと思っているんですが、彼女にしてみたら、そんな気分には、なれないのかも知れませんね」

と、檜田はいった。

「小杉さんの事故ですが、何か、不審な点はありませんでしたか？」

亀井がきいた。

「いや、向こうの警察も、ただの事故と、見ているようでしたよ」

と、檜田はいった。

6

十津川は、亀井たちから話を聞いて、改めて、半年前の交通事故に、興味を持った。

笠井麻美の人生が、その事故で変わってしまったのは当然だとして、彼女自身の性格までが変わってしまったように、思えたからである。

初対面の新井修を誘って、二人用の個室に入ったというのは、新井の主張だけで、まだ、真相はわからないが、函館のホテルでの殺人事件は、事実がわかっている。

いや、事実というより、笠井麻美は、殺された男、平田次男と、連絡船の中で知り合ったと、向こうで証言している。

初対面だともいう、そんな男を、彼女は簡単に自分の部屋に入れているのだ。

しかも、その平田次男という男は、元暴力団員で、外見も粗野に見えるのだ。そんな男と連絡船の中で知り合い、すぐホテルの自室に招き入れるというのも、若い女にしたら、非常識だろう。

恋人の小杉が生きていたら、笠井麻美は、そんなことはしなかったに違いない。

小杉が交通事故死をしてから、彼女の性格までが変わってしまったように見えるのは、そのためである。

なぜ、そんなに変わってしまったのか？

しかも、彼女の性格が変わってしまったように見える行動で、二つの殺人事件が起きている。

新井修は、そんな笠井麻美の罠にはまったと、書いている。もし、新井のいうことが本当なら、笠井麻美の行動は、全て計算ずくということになってくるのだ。

もう一つの事件のことも、あった。

新井修と、共同でレストランをやっていた岡田孝男《おかだたかお》が殺された事件である。

豊島園のジェット・コースターで、岡田は青酸中毒死した。

十津川たちは、その事件を追っているのだが、岡田と一緒にいた女が、どうも笠井麻美らしく思えるのである。

まだ、この女が岡田を殺したという証拠は、摑《つか》めていない。

だが、常識的に考えて、彼女が岡田の死に関係があるに違いない。そして、この女が笠井麻美なら、「ゆうづる5号」の個室での殺人や、函館のホテルでの殺人に、どこかでつながっていると、考えざるを得なかった。

「私は、関係があると、思いますね」

と、亀井は、いった。

「全ての事件に、笠井麻美が、関係しているというわけだね?」

十津川は、三つの事件の場所と、死者を書いた黒板を見ながら、亀井にきいた。

「そうです」

「寝台特急『ゆうづる5号』で、浜野《はまの》みどりを殺したのも、新井ではなく、笠井麻美だと思うのかね?」

「それは、まだ、わかりません。新井修の手紙を信じれば、彼が笠井麻美に罠をかけられたことになりますが、逆に、新井が、邪魔になった浜野みどりを殺して、それを笠井麻美の犯行に見せかけようとしているのかも知れません」

「なるほどね」

と、十津川は、肯いてから、

「その場合、新井は、前から、笠井麻美を知っていたことになるね？」

「そうです。函館のホテルのケースは別ですが、浜野みどり、岡田孝男の二人が死んで、利益を得るのは、新井です。ひょっとすると、新井は、笠井麻美に岡田を殺させたのかも知れません」

と、亀井は、いった。

「共犯か？」

「そうです。函館の事件は、その共犯関係が崩れたせいで、起きたということも、考えられます」

「それは、面白いね。どんな風にだ？」

「新井にとって、浜野みどりと、岡田孝男は殺したい人間だった筈です。浜野みどりは高額の慰謝料を請求されていたし、岡田の場合は、彼が死ねば莫大な保険金と、レストランが新井のものになるわけです。そこで、新井が、笠井麻美という女を共犯にして、二人を殺そうと考えたんじゃないでしょうか？」

と、亀井が、いった。

「しかし、カメさん。現実には、新井が浜野みどり殺しで、犯人にされているんだよ。下手《へた》な計画じゃないかね？」

十津川が、異議を挟んだ。

「そのとおりです。新井は、もっと綿密な殺害計画を立てたんじゃないでしょうか。浜野みどりを寝台特急『ゆうづる5号』に誘っておき、きっちりしたアリバイを作っておいて、殺す気じゃなかったかと、思うんです。

その方法は、わかりませんが。ところが、個室の中で、殺す破目になってしまった。こうなると、どうしても新井自身が、疑われてしまいます。一方、新井は、自分が北海道に行っている間に、岡田を殺すように、笠井麻美に頼んでおいたんだと思いますね。自分のアリバイを作っておいて、東京で、岡田を殺させるわけです」

「その場合、笠井麻美は金で雇ったかな？」

「或いは、結婚を約束したのかも知れません。新井は浜野みどりと、岡田を殺したら、そのあと、口封じに、笠井麻美を殺してしまう気だったと思いますね。そこで、自分の失敗を帳消しにするため、笠井麻美が浜野みどりを殺したと、われわれにいって来たんじゃないでしょうか？」

と、亀井は、いった。

十津川は、肯きながら聞いていたが、

「そうだとすると、函館の事件は、どうなるのかね？」

と、きいた。

「新井と笠井麻美は、最初、お互いに、上手《うま》く、浜野みどりと岡田孝男を殺し、北海道で、落ち合うことになっていたんだと思いますね。ところが、新井は失敗し、その罪を笠井麻美に押しつけました。彼女はそれを知って、新井が、信用できないと思ったに違いありません。しかし、約束の金は欲しい。そこで、函館へ行くとき、連絡船の中で、用心棒を見つけたんじゃありませんかね」

「それが、平田次男だったというわけか？」

「そうです。元暴力団員で、人相もよくありません。一見、友人とか恋人にはふさわしくない男ですが、用心棒と考えれば、これほど適任はいませんよ。笠井麻美はなかなか美人ですから、うまく持ちかければ、平田が鼻毛を延ばして、用心棒を引き受けてくれることは、計算ずみだったんだと、思いますよ」

「そして、函館では、新井がホテルに入って来て、笠井麻美を殺そうとしたのかな？」

「そうです。ところが、そこに用心棒の平田がいた。男同士で、殴り合いになったんだと思いますね。新井は平田を、持っていたナイフで刺して、殺してしまった。笠井麻美を殺そうとしたナイフでです」

と、亀井は、いった。

「しかし、笠井麻美は、新井が『思い知ったか！』と叫んで、平田を刺したと、証言しているようだがね」

と、十津川は、いった。

亀井は笑って、

「それこそ、笠井麻美が、新井と共犯だった証拠だと思いますね。まさか、仲間割れで、自分が狙われたんだとはいえない。そこで、最初から新井が、平田を狙ったことにしようとしているんだと、思いますね」

と、いった。

7

「カメさんの推理は、面白いと思いますよ」

と、若い清水刑事が、感心したようにいった。

「面白いのは、わかっているよ」

十津川は、笑顔で、いった。

「函館、東京、それに、『ゆうづる5号』の車内で起きた三つの殺人事件の説明が、つきます」

と、清水がいう。

「だが、証拠がないよ。それに、全く別の推理が可能かも知れない」

十津川は、慎重にいった。

「その点は、同感です」

と、亀井が、いった。

「やっぱり、カメさんと二人で、長野で起きた半年前の交通事故を、調べに行く必要がありそうだね？」

と、十津川が、いった。

「それも、同感です。もし、本当に単なる交通事故なら、私が考えたように、新井と、笠井麻美の共犯説が強くなると思います。恋人を失って、自棄《やけ》となった彼女が、新井の誘いに応じて、金のために、手を貸したということが、十分に考えられますから」

と、亀井が、いう。

翌日、二人は、新宿から中央本線で、松本に向かった。

前もって長野県警に電話で、連絡しておいたので、松本駅には、県警の北村《きたむら》警部がパトカーで迎えに来てくれていた。

「どうしますか？　これから、すぐ、問題の事故があった場所へ行ってみますか？」

と、北村は、二人をパトカーに案内しながらきいた。

三十七、八歳の若い警部である。

言葉が、丁寧だが、どこか切り口上なのは、こちらで事故と断定したのに、東京の警視庁が、なぜ、調べに来たのかという反撥《はんぱつ》があるためだろう。

「すぐ、行きたいですね」

と、十津川は、いった。

二人を乗せたパトカーは、松本から上田に向かう、国道１４３号線を走り出した。

途中から曲がりくねった山道になってくる。

地蔵峠のあたりで、北村警部は、パトカーをとめた。

行き来する車の量は、そう多くない。

三人は、パトカーから降りた。

鋭くカーブするあたりのガードレールが、外側に、ねじ曲がっているのが見えた。

「ここです」

と、北村が、いった。

十津川と、亀井は、ほとんど平らに折れ曲がってしまったガードレールの傍に立って、下を見た。
十二、三メートルの崖《がけ》になっている。
細い渓流が流れているのが見えた。

「このガードレールは、その時の事故で曲がってしまったんですか？」

と、十津川は、北村に、きいた。

「そうです。前にも、ここからライトバンが転落したことがありましてね。その時も、ガードレールがこわれて、それを修理したばかりだったんですよ」

「小杉という青年は、即死だったんですか？」

「そうです。即死でした。スポーツ・カーを運転して、時速百キロ近くで走っていたと思われますのでね。このカーブを曲がり切れずに、ガードレールを突き破って、転落したんです」

「ブレーキの痕《あと》は、あったんですか？」

「ありましたが、間に合わなかったんです」

「前のライトバンの時も、運転手は、死んだんですか？」

と、亀井がきいた。

「いや、スピードを、あまり出していなかったので、重傷でしたが、助かりました」

「小杉の事故の時、目撃者はなかったんですか？　時間は、何時頃だったんですか？」

「午後二時半頃で、通行する車の少ない時間帯ですが、目撃者は、いました」

「いたんですか？」

十津川は、びっくりして、北村の顔を見た。

「いましたよ。ベンツを運転していた男で、ゆっくり走っていたところ、猛烈なスピードで、自分を追い越していったスポーツ・カーがあった。あれじゃあ、危ないなと思っていたら、案の定、前方のカーブを曲がり切れずに、あっという間に崖下に、転落していったというのです」

「そのベンツの男は、その事故を見て、どうしたんですか？」

「彼も、あわてて急ブレーキをかけ、車をとめて、崖下を覗《のぞ》いたと、いっていました。生きていたら、助けたいと、思ったそうです。しかし、彼が覗いた時は、すでに、スポーツ・カーは崖下でぺちゃんこに潰《つぶ》れ、乗っていた男は投げ出され、血まみれで、横たわって、いたそうです」

「それで、その男は、他人《ひと》を呼んだんですか？」

「警察と、消防に、連絡してくれましたよ」

「救急車は、すぐ来たんですか？」

「三十分はかかってしまいましたね。しかし、医者が診て、恐らく即死だったろうということでした」

「ベンツを運転していた男の名前は、わかりますか？」

と、十津川が、きいた。

「わかりますよ。松本警察署に、その時の事故の調書がありますから、それに載っている筈です」

と、北村は、いった。

三人は、パトカーで松本市内に戻り、松本警察署に着いた。

十津川は、署長にあいさつしてから、半年前の事故の調書を見せてもらった。

三月五日、午後二時半頃、白いフェアレディZに乗った小杉は、時速百キロを超すスピードで、国道１４３号線を疾走していて、地蔵峠近くのカーブを曲がり切れず、ガードレールを飛び越え、十二メートル下に転落し、死亡したとなっている。

目撃者の証言も、載っていた。

その名前を見て、十津川と亀井は、思わず顔を見合わせた。

〈新井　修〉

と、そこに書かれてあったからである。

彼の証言は、北村警部がいったとおりだった。

〈私はその時、ベンツ500SECを運転し、時速五十キロで国道143号線を、松本から上田に向かって、走っておりました。天気はよく、視界も、良好でした。私の車が、地蔵峠に近づいた時、突然、後方から、猛烈なスピードで、白いスポーツ・カーが、追い抜いて行ったのです。フェアレディZだったと思います。恐らく時速百キロは、軽く、超えていた筈です。危ないなと思っていると、やはり、次のカーブを曲がり切れず、ガードレールを突破して、崖下に転落してしまいました。私も、急ブレーキをかけ、車をとめて、崖下を覗いてみましたが、絶望的でした。車は、めちゃめちゃにこわれ、投げ出された男の人が、血まみれで崖下に、横たわっていたからです。それでも私は、人家のあるところまで車を走らせ、そこの電話を借りて、警察と消防に、事故を知らせました〉

「この目撃者は、一人で、ベンツに乗っていたんですか？」

と、十津川は、北村に、きいた。

「いや、若い女性と一緒でしたね」

「その女の名前が、わかりますか？」

「そこに書いてありませんか？」

「ありません」

「とすると、記入し忘れたんでしょう。証言は、男の人と同じでしたから、書かなかったのかも知れません」

「この事故には、何か、不審な点は、なかったんですか？」

と、亀井がきいた。

「不審というと、どんなことですか？」

「運転していた小杉を殴って気絶させておいてから、車に乗せ、車ごと、崖下に落下させたというようなことですが」

「絶対に、そんなことはありませんね。解剖の結果も、不審な点は、見つかりませんでした」

と、北村は、いった。

第五章　カーチェイス

1

その日、十津川《とつがわ》と、亀井《かめい》は、松本市内のホテルに泊まった。

「これは、偶然とは思えませんよ」

と、ホテルで夕食をとりながらも、亀井が強調した。

「それは同感だが、問題は、半年前の事故が、今度の事件にどう関係してくるかだね。新井《あらい》が小杉《こすぎ》を殺して、車ごと崖下《がけした》に落下させたというのなら、半年後に、小杉の復讐《ふくしゅう》をしたというのも、納得できるが、死体を車に乗せてというのでは、ないようだからね」

と、十津川はいった。

「しかし、何もなかったのなら、新井が罠《わな》にかけられたといって、殺人事件が起き、それに小杉の恋人が絡んでくるとは思えません」

「わかってるさ」

「新井修《おさむ》と一緒にベンツに乗っていた女は、間違いなく『ゆうづる5号』の車内で殺された浜野《はまの》みどりだと思いますよ。それなら、辻褄《つじつま》が合います」

　と、亀井がいった。

「つまり、こういうことかね。小杉の恋人の笠井《かさい》麻美《まみ》は、小杉が単なる事故で死んだのではなく、ベンツに乗っていた新井と、浜野みどりに、殺されたと考えて、半年後に復讐したというわけだろう？」

「そうです。もし、そう考えると、新井が罠にかけられたという手紙を書いた理由が、わかって来ます。笠井麻美は浜野みどりを、『ゆうづる5号』の車内で殺し、それを新井の犯行に見せて、同時に二人に復讐したんじゃないかと、思います」

「しかし、問題が残るね。一番の問題は、小杉の事故が単なる事故なのか、殺人だったのかということだよ。そして、もし、殺人だったとしてだが、笠井麻美は、なぜ、それを知り得たのかということがある」

「そうですね」

「もう一つ、岡田孝男《おかだたかお》のことがあるよ。岡田を殺したのも、笠井麻美だろ。この事件も、復讐ということになってくるんだが、ベンツには新井と、女一人しか乗っていなかったんだ」

「その点は、私にもわかりませんが、笠井麻美が、あの交通事故に不審を抱いたのは、間違いないと思いますね」

と、亀井はいった。

「それは、恋人だったからかね？」

「それも、もちろんあると思います。それに、小杉の運転技術に対する信頼もあったと思いますね。あんなところで、運転を誤って転落する筈《はず》はないという信頼です」

「しかし、カメさん。長野県警は事故と見ているんだ。少しでもおかしいところがあれば、調べるんじゃないかね？　警察が調べてもわからなかったのに、笠井麻美は、どうやって調べたんだろう？」

「新井のベンツを調べたんじゃありませんか？」

「うん」

「もし、彼のベンツに傷があれば、小杉のフェアレディに接触した可能性が、出てくるわけです。となると、単なる事故でなく、二台の車がぶつかって、そのため小杉の車が転落したことが考えられます」

と、亀井はいった。

それを確かめるため、二人は、翌日もう一度、北村《きたむら》警部に会って、新井のベンツのことを、きいてみた。

「ああ、あのベンツなら、一応調べましたよ」

と、北村はいった。

「それで、どうだったんですか？　ぶつかった形跡はありませんでしたか？」

「ありませんでしたね。専門家が調べましたが、車体のどこにも傷はありませんでした。だから、この目撃者の証言を信用したんですよ」

「そうですか」

と、十津川は肯《うなず》いたが、がっかりしたのは、確かである。

北村は、十津川や亀井の落胆ぶりを見て、それを慰めるように、

「実は、同じことをきいた人がいましてね」

「誰ですか？」

「遺体の引き取りには、ご両親が見えたんですが、そのあと若い女性が見えましてね。どうしても事故だとは、信じられないというんですよ。恋人のようでしたから無理も

ないんですが、目撃者もいることだといったわけです」

「名前も、教えたわけですか？」

「ええ。小杉さんが亡くなった時の様子を、その人にききたいと、いわれるんでね」

「女性が、同乗していたこともですか？」

「ええ」

「その時彼女は、目撃者の車に傷がないかどうか、きいたんですね？」

「そうです。ぶつかった形跡がなかったかと、ききましたよ。だから、今、お答えしたように、全く傷はなかったと、いいました」

「彼女の名前は？」

「それなんですがね。住所と名前、それに電話番号もきいたんですが、あとで連絡しようとしたら、その電話は、でたらめでしたよ」

と、北村は苦笑した。

十津川は、笠井麻美の写真を北村に見せた。

北村は、びっくりした顔で、

「この女ですよ。どこで、この写真を？」

「彼女のことをよく知りたくて、歩き廻っているんです」

と、十津川はいった。

2

「やっぱり、笠井麻美は、ここに来ていたんですよ」

亀井は、北村警部と別れたあとで、眼を輝かせて、十津川にいった。

「偽名を使ったのは、どうしても小杉の死が、事故死と思えなかったからだろうね」

と、十津川がいう。

「そうだと思います。自分で、調べてみようと、思ったんでしょう」

「だが、どうやって、彼女は調べたんだろう？　新井のベンツには傷がなかったんだし、小杉の死因に、不審な点はなかったんだ」

「彼女は、新井の住所と名前を、きいています」

「ああ、目撃者の話をききたいと、いってね」

「とすると、東京で、新井のことを調べたんだと、思いますね」

「しかし、新井に、会ってはいない筈だ。会っていれば、新井が、罠にかけられたという筈がない。『ゆうづる5号』に乗る前に、彼女の顔を見ていることになるからね」

「すると、新井に知られずに、彼のことを調べたことになります」

「半年間調べて、何か摑《つか》んだのかな？」

「もし、そうなら、われわれにも、同じものを摑むことが出来ると、思いますね。それも短時間で」

と、亀井は、自信満々にいった。

二人は、その日の中《うち》に、東京に、戻った。

新井の周囲を調べたと思われる笠井麻美と同じことをしてみようと、十津川も、亀井も思った。

新井が岡田と共同経営でやっているレストランには、一回か、二回は食事をしに行ったろうが、そんなに沢山は行っていない筈である。彼女にしてみれば、顔を覚えられるのは、困るからである。

新井が、よく飲みに行く店もわかった。

銀座と六本木のクラブである。

「彼女はここには、しばしば行ったと思いますね」

と、亀井はいった。

酒を飲めば、自制心が失われる。長野で、何かやったとすれば、酔ってポロリと、本当のことを喋《しゃべ》ったかも知れないのだ。

「われわれも、その店へ行ってみようじゃないか」

と、十津川がいった。

まず、銀座のクラブへ出かけた。浜野みどりの働いていた店では、何も収穫がなかった。

最近は、二人の仲が、悪くなっていたからだろう。

銀座には、もう一つ、行きつけのクラブがあった。

「エポック」という、レトロ調の装飾の店である。

十津川と亀井は、ここのママに会って、話をきいた。

「新井さんなら、よく見えましたよ」

と、四十歳くらいに見える太った身体つきのママは、笑顔で肯いた。

「半年前に彼は、長野で、自動車事故を目撃しているんですが、そのことで、何か話しませんでしたか？」

と、十津川は、きいた。

「そんな話は、聞いていませんねえ。酔うと、いろいろと話して下さる人なんですけどねえ」

と、ママはいう。

「彼のお気に入りのホステスさんというのは、いますか？」

「ひろみちゃんじゃなかったかしら」

と、ママはいい、そのホステスを呼んでくれた。

髪の長い、背の高い女だった。

ハーフっぽい感じがした。

（新井修は、こういう女が好みなのか）

と、十津川は思いながら、

「最近、彼に会ったことは？」

「最近って、いつ頃のことかしら？」

ひろみは、面倒くさそうに、きき返した。

「ここ半年以内だよ」

と、亀井がいった。

「それなら、月に二回か、三回ね」

「その時、長野で車が崖から落ちた事故のことを、話さなかったかね？　落ちたのは、別の人の車なんだが」

と、十津川がいった。

「さあ、どうだったかしら」

ひろみは、相変わらず、気のない喋り方をした。

亀井が、顔をしかめて、

「知っているんなら、もったいぶらずに、話してくれたらどうなんだ？」

と、相手を睨《にら》んだ。

「カメさん。彼女は、今、思い出してくれてるところだと思うよ」

と、十津川は、わざと笑顔でいった。

ママも、気になったとみえて、ひろみに向かって、

「何か知ってるんなら、お二人に話してあげて」

と、声をかけた。

ひろみは長い髪をかき上げながら、考えていたが、

「いつだったかしらね。酔って、変なことをいってたわ」

「どんなこと？」

「あの人、ベンツを持ってて、自分で運転してるわ。あたしも、乗せてもらったことがあるけど」

「それは、わかってるよ」

「ポルシェも、持ってるの」

「それも、知ってる」

十津川は、相手の話が、なかなか核心に入らないのにいらだちながらも、辛抱強く先を促した。

「それで？」

「運転が上手《うま》いって、よく、自慢するんだわ」

「だから、本当に上手いの？　この間乗せてもらった時は、あんまり上手くなかったけどって、いってやったわ。そしたら、変な話をしたのよ」

と、ひろみはいう。

まだ、肝心の話に入らない。

「変な話って？」

と、十津川がいった。

「彼が、ベンツを運転して、女の子を乗せて、長野へ行った時のことなんですって」

ひろみが、やっと話の核心に入ってくれた。

「うん、うん」

と、十津川は、わざと大きく、肯いて見せた。

「彼の友だちも、ポルシェで一緒に行ったらしいわ。やっぱり、助手席に女の子を乗せてね」

「ポルシェに乗っていたというのは、岡田孝男という男じゃないのかな？」

「そんなこと、知らないわ。名前は、いわなかったもの」

と、ひろみは、そっけなくいった。

「先を、続けてくれないか」

十津川がいった。

「松本から、どこかへ抜ける道を走ってたんですって。対向車がないんで、並んで走ってたら、うしろから、やたらに、クラクションを鳴らして追い抜いて行った車がいたらしいわ」

「それで？」

「なんだこの野郎というわけで、新井さんは、もう一人とで、その車を追いかけたんですって」

少し、ひろみの話のテンポが速くなってきた。

「ただ、追いかけたんじゃなかったろう？」

と、亀井が、きいた。

「二人で、相手をからかってやろうと思ったんですって」

「それで、どうしたんだ？」

「二人で相手の車をはさんで、いたずらをしたっていってたわ」

「どんな風にかね？」

と、十津川が、きいた。

「新井さんのベンツが猛スピードで、その車を追い越して、うしろにいる友だちのポルシェとはさんでしまうんですって」

「なるほどね」

「そして、絶対に相手に抜かせないんですって。自慢してたわ」

「相手の車を前後ではさんで、そのまま、ずっと走ったわけじゃないんだろうね？」

「それじゃあ、面白くないわよ。うしろのポルシェが、やたらに、クラクションを鳴らして、その車を追い立てておいて、新井さんのベンツの方は、時々、突然、ブレーキを踏んで、その車を脅かしてやったって、いってたわ」

「それだけなのかね？」

「カーブのところへ来たんで、友だちのポルシェがスピードを上げて、その車にぶつけてやった。そしたら、その車も、振り切ろうとして急にスピードを上げたんですってよ」

「前にいたベンツは、どうしたんだ？」

「それを見ていて、急ブレーキをかけてやったって、新井さんは笑ってたわ」

「その車の運転者は、どうしたんだ？」

「新井さんの車を避けようとして、あわててハンドルを切ったけど、スピードを出していたんで、ガードレールを突き破って崖から転落ですって」

「それを、新井は自慢していたのか？」

亀井が、眉をひそめて、きいた。

「ざまあみろと、思ったって、いってたわ。でも、崖の下を見たら、男が車から飛びだして逃げて行くのが見えたんですってよ。だから、死ななかったみたい」

と、ひろみがいった。

（嘘をついていたんだ）

十津川は、苦い顔になった。嘘をついてまで、そんなことを新井は自慢していたのか。

「今の話を、誰かにしたかね？」

と、十津川は、ひろみにきいた。

「若い女の子に、話したことがあるわ」

と、ひろみがいった。

3

「女の子って、この店のホステスのことかね？」

十津川は、店の中を見廻しながら、きいた。

ひろみは、クスクス笑って、

「ここの女の子は、そんな話なんか、面白がりゃしないわ。ここの子が面白がるのは、お金と男の話」

「じゃあ誰に話したんだ？」

「ここへ飲みに来た女の子よ。新井さんのことをききたいっていったから、いろいろと、話をしてやったの。とても熱心でしたけど、あの子、新井さんに惚《ほ》れてんのかしらね」

「若い女かね？」

と、亀井がきいた。

「そうね。若い子だったわ」

「この女じゃないのかね？」

十津川が、笠井麻美の写真を、ひろみに見せた。

ひろみは、黙ってその写真を見ていたが、

「わからないなあ。髪形も違うし、太枠の眼鏡をかけていたしね」

という。

十津川は、サインペンを取り出して、写真の顔の上に、眼鏡を描いた。

「これで、似ているかね？」

「そうね。何となく似てきたわ」

と、ひろみはいった。

「彼女には、そのカーチェイスの話の他に、新井修について、何か話したのかね？」

「彼の女の好みなんかも、きくから話してあげたけど」

「どんな風にだね」

「新井さんの口癖はね、神秘的な女が好き。美人だが、明る過ぎる女には、興味がないんですって。どこか得体の知れない女に魅《ひ》かれるんだって、いつもいってるのよ。

だから、それを教えてあげたわ。ねえ。この写真の女の子、新井さんが好きなんじゃないの？」

と、ひろみはきいた。

「そうならよかったかも知れないんだがね」

と、十津川はいった。

「それ、どういうことなの？」

というひろみの質問を聞き流して、十津川と亀井はその店を出た。

二人とも興奮していた。

これで、笠井麻美と新井修の関係がわかったと、思ったからである。

「岡田孝男が殺された理由もわかりましたね。ポルシェに乗っていたのは、間違いなく岡田孝男だと思いますよ」

亀井が歩きながら、興奮した口調で喋った。

午後十一時を過ぎていたが、銀座のこのあたりは、車がひしめき、それを縫うようにホステスや、通行人が歩いている。

すれ違ったサラリーマン風の男とぶつかったが、亀井は気にする様子もなく、

「四人でドライブを楽しんでいて、自分たちを抜いて行った小杉にかっとして、やっ

たことですよ。小杉が勝手に転落したみたいに、いっていたようですが、これは明らかに殺人ですよ」

「小杉の恋人の笠井麻美が、その復讐をしたということか」

　十津川も、興奮した口調でいった。

「これで、新井修が殺人犯に仕立てあげられた理由もわかりましたし、共同経営者の岡田孝男が殺された理由も、わかりましたよ」

「笠井麻美は、あくまでも、新井修を殺人犯人にする気でいるに違いない。それが函館のホテルの事件なんだ」

　と、十津川はいった。

「新井が、自分を探しているだろうと読んで、連絡船の中でヤクザめいた男を探し、色目を使って、自分を守ってくれといったんでしょうね。それが、ホテルで殺された平田《ひらた》次男《つぐお》だったんだと、思いますよ。平田は、荒っぽい男だから、笠井麻美を難詰しようとした新井を、殴りつけたんでしょう。美人の彼女を守るというカッコいい男の役を演じる気だったのかも知れません。新井の方は自分が殺されるのではないかという恐怖にかられて、平田を殺してしまったんです」

「平田が死んでから新井修は、本当の殺人者になってしまったわけだよ」

と、十津川はいってから、

「それにしても、函館署が笠井麻美を帰してしまったのは、まずかったな。今まで、引きとめてくれていたら、すぐ逮捕状をとれたのに」

と、舌打ちした。

「函館署としては、笠井麻美は被害者だったから、仕方がなかったんでしょう」

「確かに、そうなんだがね」

と、十津川はいった。

確かに、亀井のいうとおりなのだ。あの時点で、まだ笠井麻美は殺人事件の容疑者ではなかった。函館のホテルに泊まっていて、殺人事件にぶつかってしまった被害者に過ぎなかったのだから、函館署が帰しても、不思議はないのである。

それはわかっているのだが、やはり残念だという気持ちがわいてくる。

捜査本部に戻って、十津川は深夜だったが、函館署に電話をかけた。

先日、連絡をとった谷岡《たにおか》という警部が出た。

十津川は、長野県で起きた事故のことを話した。

「今度の事件は、全てその復讐劇なんです。平田次男は、ただ、それに利用されたに過ぎません。笠井麻美は、まだ、北海道にいると思いますので、手配してくれませんか」

「もう少し前に、それがわかっていればねえ」

と、谷岡もいった。

「わかっています。彼女の逮捕状は、明日の午前中には、とれると思います」

と、十津川はいった。

4

夜が明けると、十津川は、笠井麻美の逮捕状を請求した。

寝台特急「ゆうづる」の事件での浜野みどりの殺人と、豊島園での岡田孝男の殺人に対する逮捕状である。

「彼女は、今、どこで、何をしているんでしょうね」

亀井は写真を見ながら呟《つぶや》いた。

昨夜は二人とも捜査本部で、過ごしてしまったのである。

十津川は、机の上でコーヒーをわかしながら、

「彼女は、浜野みどりを殺し、新井をその犯人に、仕立てあげた。一応成功したが、

われわれの調べたことが新聞に出れば、その計画が失敗したと気が付くだろう。そうなれば新井を殺すかも知れない」

「新井は、今、北海道を逃げ廻っているようですが、そのままにしておくと、笠井麻美に殺されてしまうかも知れませんね」

「どうしたらいいと思うね？」

「函館署が、笠井麻美を捕まえてくれればいいんですが――」

「新聞やテレビで、新井に呼びかけるかね。平田次男を殺してしまったわけだが、それも、笠井麻美にはめられたとなれば、軽い罪ですむといってね」

「われわれが、新井を守ってやるわけですか？」

「嫌な話だが、殺されるのを見過ごしは出来ないよ」

と、十津川はいった。

コーヒーが入ったので十津川は、亀井と二人のカップに注いだ。

コーヒーの匂いが、部屋に漂った。

「どうも、すいません」

と、亀井はコーヒーを受け取った。

亀井は、ブラックで飲んでから、

「新井修を保護するのは賛成ですが、長野での事件は、どうしますか？　私は、絶対に許せません。彼は小杉が、勝手に崖下に転落したというでしょうが」

「そうだな」

「新井が連絡して来たら、あの事件のことを正直に告白することを条件にして、守ってやったらどうでしょうか？　長野の事件をあいまいなままにして、新井を守ってやる気にはなれません」

と、亀井はいった。

十津川は、亀井がやたらに意気込むのがおかしくて、笑いながら、

「カメさんは、新井よりも、笠井麻美の方に同情しているみたいだねえ」

と、いった。

亀井は頭をかいて、

「時々、被害者より加害者の方が、いい人間に見えることがありますから」

と、いった。

確かに、そのとおりだった。殺人は絶対に許されないとわかっていても、時には、殺された人間より殺した犯人の方が、いい人間だと思うこともある。

「私も、カメさんに賛成だよ」

と、十津川はいった。

昼までに、笠井麻美に対する逮捕状が出た。それを受けて午後一時に、記者会見を行った。

捜査本部長が、事件の経緯を説明したあと、十津川が記者たちに、

「新井修に警察へ連絡するよう呼びかけてもらいたいのです。このまま逃げ廻っていると、笠井麻美に殺されかねない。彼女は、そうなれば何としてでも、新井を殺そうとするでしょうからね。私に、連絡するように書いて下さい」

と、いった。

記者会見が終わると、十津川は、急に疲れを覚えた。考えてみると、銀座の「エポック」で事件の真相がわかってから、ほとんど寝ていないのである。

亀井も、同じだった。

「カメさん。少し眠っておこうじゃないか」

と、十津川は亀井に声をかけた。

「そうですね。新井修も、笠井麻美も今はまだ北海道でしょうから、われわれが、いくら力んでも、どうしようもありませんね」

「そうなんだよ。テレビ、新聞が記者会見のことを報道し、新井が連絡してくるとし

ても、まだ時間がある。少し眠っておこうじゃないか」

と、十津川はいった。

二人は捜査本部の隅に、毛布を敷き、何かあったら起こしてくれるように、西本《にしもと》刑事たちに頼んで、横になった。

亀井の方が、先に軽い寝息を立て始めた。

十津川も、眠ろうとするのだが、何かが引っ掛かって、なかなか寝られなかった。

それが何なのか、わからない。

（何かが――）

と、思っている中《うち》に、突然、十津川は、

「あッ」

と、大声で叫んだ。

亀井が、びっくりして、起き上がると、

「どうされたんですか？」

「大変なことを、忘れていたんだ。それを思い出したんだ」

十津川は、青い顔でいった。

亀井は、まだ、わけがわからないという顔で、

「まさか、笠井麻美が、犯人じゃないなんて、おっしゃるんじゃないでしょうね？」

「まさか」

と、十津川はいってから、

「カメさん。一人、忘れていたんだよ。笠井麻美に狙われている人間をだ」

十津川がいうと亀井も、「あッ」と、声をあげた。

「長野の事件の時、岡田孝男のポルシェに乗っていた女ですね？」

「そうなんだ。新井修と一緒に、ベンツに乗っていた浜野みどりは、殺され、新井はその犯人に仕立てあげられた。ポルシェの岡田も毒殺された。それなら、笠井麻美はポルシェに一緒に乗っていた女も、容赦はしない筈だよ」

「しかし、どこの誰かわかりませんよ」

「わかってる。しかし、われわれが笠井麻美より先に見つけないと、彼女に、殺されてしまう。いや、もう、殺されてしまっているかも知れないが――」

「とにかく、探しましょう」

と、亀井はいった。

十津川は、西本刑事に声を掛けると、岡田孝男の周辺を徹底的に洗うことを指示した。

「岡田と関係のあった女を一人残らずチェックするんだ。その中に半年前、岡田と一緒に長野にドライブした女がいたら、すぐ連れて来い」

と、十津川はいった。

西本刑事たちが飛び出して行く。

それでも不安は、消えなかった。十津川は、笠井麻美がまだ北海道にいて、新井修を追いかけていると、判断した。

しかし、笠井麻美は新しい獲物を仕留めるために、別の場所へ行っているかも知れないのである。

新しい獲物とは、もちろん、半年前の事件の時、岡田孝男と一緒に、ポルシェに乗っていた女である。

新井は、本当に、殺人を犯してしまった。笠井麻美はそれで一仕事すませたと考え、女を殺しに移動したかも知れない。

その女をみすみす死なせるわけにはいかなかったし、笠井麻美にも、これ以上殺人は犯させたくなかった。

西本たちから、なかなか連絡は入らなかった。

岡田孝男も、新井と同じで女性問題が賑《にぎ》やかだったそうだから、西本たちは、その中から一人の女性を見つけ出すのに、苦労しているのだろう。

函館署の谷岡警部からも、連絡は入って来なかった。

その後の新井や、笠井麻美の行方が、摑《つか》めずにいるらしい。広い北海道だし、新井は必死になって、逃げ廻っているに違いないからである。

夕刊が、十津川たちのところにも、配られて来た。記者会見で、十津川が話したことが載っている。

〈寝台特急『ゆうづる』殺人事件に、新たな展開！〉

〈函館のホテルの殺人も、仕組まれた可能性が〉

そんな見出しで、大きく扱ってくれていた。

〈殺人犯人と思われていた新井修さんに、すぐ出頭するよう、警察は希望しています。出頭できないのなら、警視庁捜査一課の十津川警部まで、連絡してください〉

そう書いてもくれていた。

十津川は、じっと、新井修が連絡してくるのを待ちながら、どうしてもいらだちと、不安を隠し切れなかった。

四人目の女のことである。

やっと、西本刑事から電話が入った。

が、女を見つけたという連絡ではなかった。

「案の定、岡田の女性関係は大変なものです。ちょっときき込みをやっただけでも十人近くの名前が浮かんで来ました。これから、その一人一人を調べてみますが、時間がかかりそうです」

「早くやってくれよ。笠井麻美と競争だからな」

と、十津川は、はっぱをかけた。

その日、暗くなっても、肝心の女は見つからなかった。

時間がなかった。

5

十津川は、亀井と二人で、直接きき込みに当たることにした。

新しい殺人を引き起こしたくなかったからである。

留守番役の西本刑事に、もし新井から連絡があったら、すぐ知らせてくれるように頼んでおいて、十津川は亀井と外へ出た。

岡田孝男の友人関係は、ほとんど部下の刑事たちが調べてしまっていた。それでも、肝心の女の名前は、浮かんで来なかったのである。

「どうするね？　カメさん」

と、覆面パトカーの中で十津川は亀井に相談した。

彼の持っているメモには、すでに刑事たちが当たった人間の名前が書き並べてあった。

「私は、その表の人間にもう一度、会ってみたらどうかと思うのです。刑事たちは、恐らく岡田の親しい友人、知人に当たったんでしょう。その人間が知らない岡田の女を、もっと疎遠な人間が知っていると思えませんからね」

「つまり、きき損じがあったのではないかと、いうことかい？」

「そうです」

と、亀井はいった。

「それでは、もう一度このメモの人物に、片っ端から当たってみよう」
と、十津川はいった。
岡田の大学時代の友人の名前が、五人、並んでいる。
親友だったといわれる男たちで、現在の仕事もさまざまだった。
堅い役所勤めもいれば、テレビ局のプロデューサーもいる。
まず、二人はこの男たちに当たってみることにした。
最初は、大蔵省にいる男だった。
だが、二時間近く話をしたが、何の収穫もなかった。彼は、岡田の女性関係につい
て、ほとんど知らないのである。
二人目は、N電気で、課長補佐をしている男だった。
彼は、岡田と一緒に飲んだとき、岡田のなじみのクラブに連れて行かれたという。
そこで、岡田と親しいホステスに紹介されたらしいのだが、十津川たちが調べたとこ
ろでは、その女は、問題の同乗者ではなかった。
三人目は、中央テレビでプロデューサーをやっている男だった。
十津川と亀井は、その男に期待を持った。
岡田とよく飲みに行った仲だと、聞いたからである。

秋山《あきやま》というこのプロデューサーとは、テレビ局で会ったのだが、彼は開口一番、

「前に見えた刑事さんにもいったんですが、岡田の女性関係なら僕が一番詳しいと、自負していますよ」

と、十津川にいった。

「女の話をよくしたんですか？　岡田さんと」

「会えば、女の話でしたよ。新人タレントなんかを紹介したこともありますしね」

「岡田さんがよく、ドライブに連れて行った女を知りませんかねえ」

「ドライブね、つまり助手席に乗せて、栄《は》える女ということでしょう？」

「特にスポーツ・カーに、一緒に乗せてですがね」

「スポーツ・カー？　国産のですか？」

「ポルシェです」

「そいつは、限られて来ます。外車、特にポルシェに似合う女っていうのはね」

秋山は、難しい顔になった。

「そんなもんですかね」

十津川が感心したようにいうと、秋山は大きく肯いて、

「岡田とは、よく話してたんですよ。服装にT・P・Oがあるんだから、連れて歩く

女だってT・P・Oがあるってね。その一つですよ。ポルシェには、日本的な女性は、似合いません。どうしても冷たい感じの、長身の美人でなきゃあ、似合わないんです」

「それが、岡田さんの主張だったんですか？」

「そうですよ。岡田は、なかなかうるさかったですからね」

「岡田さんは、ポルシェに乗るとき、何という女性を一緒によく乗せていたんですか？　その女性の名前を知りたいんですがねえ」

十津川がいうと、秋山は、

「そうですねえ」

と、考え込んだ。

「いつだったか、岡田が、ポルシェにすてきな女を乗せて来たことがあったんですよ。脚のきれいな女だったなあ。とっさに、名前が浮かんで来ないんですよ」

「ゆっくり、思い出して下さい」

と、十津川はいった。

「――」

秋山は黙って考え込んでいる。

「思い出せませんか？」

と、亀井が声をかけた。

「もう少しで、名前が出てくるんですがねえ。おれも呆《ぼ》けて来たかなあ」

秋山は自分の頭を叩いた。別に芝居をしている感じではなかった。本当に思い出せないらしい。

十津川は、亀井をその場に残して、パトカーにいったん戻った。何か、連絡があるかも知れないと思ったからだった。

十津川は、車の無線電話を使って、捜査本部の西本刑事に連絡をとった。

「どうだ？　新井修から何かいって来てないか？」

「無言の電話が、二回かかって来ました」

「無言？」

「そうなんです。こっちが出ると、切れてしまうんです」

「君が出たんだな？」

「そうです。受話器を取って、『捜査本部です』というと、切れてしまいます」

「新井かも知れないな」

と、十津川はいった。

電話をかけたものの、迷っているのかも知れない。

「今度、かかって来たら、私の名前で出てくれ」

と、十津川はいった。

6

十津川が、秋山のところに戻ると亀井が、

「カオルという名前だそうです」

と、いった。

「それが岡田と一緒に、ポルシェに乗っていた女ですか？」

十津川は、秋山に確かめた。

「確か、その名前でしたよ」

と、秋山はいう。刑事たちの調べた名前にはないものだった。

「どんな顔ですか」

と、十津川はきいた。

「それなんですがねえ」

秋山は、また腕組みをしている。

「テレビタレントじゃないんですか?」

「違いますね。それなら僕がちゃんと覚えていますよ。いい女だったんで、どこで見つけたんだってきいたんです」

「それで、岡田さんは、何といったんですか?」

「それを今、考えているんですよ。ああ、なるほどねって思ったんだから、それは――」

と、秋山は頭をガリガリやっていたが、

「そうだ。富士スピードウェイで、見つけたんだといっていましたよ」

「富士スピードウェイ?」

「レースがあると、車好き、レース好きの女の子が、集まって来るでしょう。そんな女の子の一人だと、いっていましたね」

「感じとして、どんな女の子だったんですか?」

「よく陽焼《ひや》けしてましたねえ。二十歳ぐらいだと思いましたよ。僕が見たときは、ジーンズ姿でしたね。スポーツ・ギャルというのかな」

「何カオルというのか、わかりませんか?」

「わかりません。カオルとだけしか、聞いていませんでしたから」

と、秋山はいう。

「どこへ行くと、彼女に会えるんですかね?」

「富士とか鈴鹿《すずか》とかで、大きなレースがあれば顔を出すんじゃないかな。自分でもスポーツ・カーを乗り廻してるみたいなことを、いっていましたからね」

と、秋山はいった。

十津川は亀井とパトカーに戻ると、

「どうしたら、見つかるかな?」

と、相談した。

「そうですねえ。富士なんかで大きなレースがあるのを、待つわけにはいきませんしね」

「その方面にくわしい人間に会えるといいんだが」

「車専門の雑誌記者に、会ってみますか?」

と、亀井はいった。

十津川と亀井は新宿に出て大きな書店に入り、車関係の雑誌を全部買い込んだ。

十津川も、二十代の頃にはよく車関係の雑誌を買って、新車の写真を楽しんだものだが、最近はほとんど買ったことがなかった。

その頃に比べると、グラビアが多くなり、記事も華やかになった。

外車の案内が多いのも、それを買う層が、増えたからだろうか。

〈富士スピードウェイの花〉

というグラビアページも眼に入った。

先月行われたF２レースに集まった美人ギャルたちを追った写真である。

何人もの若い女性が写っている。

「この中に問題の女性がいるのかねえ」

「この雑誌を秋山プロデューサーに見せますか？」

「その前に、この雑誌社へ行ってみよう」

と、十津川はいった。

二人は神田にある雑誌社へ向かった。最近、車の雑誌が売れるとかで、小さいビルを占拠する出版社だった。

十津川と亀井は二階にある編集部に行き、仁村《にむら》という編集長に会った。

「われわれは今、よくレースの時に現れるカオルという女の子を探しているんですが、この名前をご存知ありませんか？」

と、十津川はきいてみた。

「カオルですか」

「それだけしかわからないんです。ジーンズのよく似合う、陽焼けした女性だというんですがねえ」

「日野《ひの》クン」

と、仁村はカメラマンを呼んでくれた。

「彼が、あのページの写真を撮《と》ったカメラマンです」

「このページの分が、全部ですか？」

と、十津川は、その若いカメラマンにきいた。

「いや、もっと沢山撮りました。あそこに載せたのは、十分の一くらいです」

「全部の写真を見せてくれませんかね」

「いいですよ」

と、日野は気軽にいい、その写真を持って来てくれた。

なるほど厖大《ぼうだい》な量の写真だった。

そこに写っている女の子の数も多い。

「これを借りて行って見せたい人がいるんですがね。今日中に返しますよ」

と、十津川がいった。

写真の枚数を調べ、借用書を書いて、十津川たちはダンボール箱ごと借りることが出来た。

十津川と亀井は、その写真を秋山プロデューサーのところへ持ち込んだ。

秋山は、「これはすごい」と眼を丸くしていたが、一枚一枚熱心に見てくれた。

「どうも同じような感じの女の子たちだなあ」

「これ、これはタレントの菊川《きくかわ》ひろ子《こ》じゃないか」

などと、呟きながら見ていったが、二十分ほどして一枚の写真を十津川に見せた。

「この娘だと思いますよ」

「間違いありませんか？」

「絶対にとはいえませんが、十中、八九、この娘です」

と、秋山はいった。

若いレーサーと一緒に写っている二十歳ぐらいの女だった。

ミニスカートからよく伸びた足が、めだっている。

十津川たちは、もう一度神田に戻り、その写真を日野カメラマンに見せた。

「この女の子なんですが、どこの誰か、わかりませんか？」

「さあ名前まではねえ。このレーサーの方はよく知っていますよ。立花《たちばな》という若手の有望株です」

「では、立花という人は、知っていますかね？」

「さあ、どうかなあ。彼の恋人というわけでもないみたいですからね」

「彼に電話してきいてみたらどうだね？」

と、編集長がいってくれた。

日野は、電話をかけていたが、

「名前と電話番号を教えてもらった？　それ、そこにあるの？」

と、相手にきいている。

十津川と亀井は、そっときき耳を立てた。

「どこへ行ったかわからないって、そりゃあ、君は、もて過ぎるからねえ。とにかく、捜してくれよ」

と、日野がいう。

何分かそのまま待っていたが、日野は、

「見つかった？　ありがたい。書きとるからいってくれ」

と、眼を光らせて、ボールペンを動かした。

電話を切ると、そのメモを十津川に渡してよこした。

〈武藤《むとう》カオル　TEL　484—×××〉

と書いてあった。

亀井がすぐその部屋の電話を借りて、その番号を押してみた。

「留守みたいですね」

と、亀井が受話器を持ったまま、十津川にいった。

「どのあたりかな？」

と、十津川がきいた。

「484というと、成城あたりだと思いますが」

「成城電話局で、きいてみてくれ」

と、十津川はいった。

亀井は、電話局に問い合わせていたが、しばらくして、

「駅近くのマンションのようです」

「行ってみよう」

と、十津川はいった。

二人はパトカーのサイレンを鳴らして、成城に向かった。

もし、笠井麻美がこの女を見つけ出していたら、命が危なかったからである。

小田急電鉄の成城駅近くに「シャトー成城」というマンションがあり、一階に並んだ郵便受けを見ると、五〇三号室に「武藤」と名前が書いてあった。

二人はエレベーターで、五階へあがって行った。

五〇三号室の前に立った。十津川が、インターホンを鳴らした。

だが返事がない。

更に鳴らしていると隣のドアが開いて、二十七、八歳の女が顔を出した。

「武藤さんなら、留守ですよ」

と、眉を寄せていう。

「どこへ行ったか、わかりませんか？」

亀井が、警察手帳を見せてきいた。

「武藤さん、何かしたんですか？」

と、女は眼を丸くしてきいてから、
「旅行に行ったみたいですよ」

第六章　鈴鹿

1

「旅行って、どこへ行ったか、わかりませんか？」

十津川《とつがわ》が、その女にきいた。

「ちょっと、わかりませんけど」

「いつ、出かけたんですか？」

「一昨日《おととい》の午後ですわ。二時頃だったかしら」

「車でですか？　それとも何か、列車か、飛行機でですかね？」

「車に乗って行きましたよ。武藤《むとう》さんて、ライセンスを持っているとかいって、よく車に乗ってますけど」

「彼女の車は、どんな車ですか？　車の名前はわかりませんか？」

と、亀井《かめい》がきいた。

「わたしは、車のことはくわしくないんですけど、変わった色の変な車ですわ」

と、女がいった。

「変わった色というのは？」

「白や黒じゃなくて、草色というのか――」

「グリーンですね？」

「ええ、そんな色でした」

「変な車というのは、どこが、変なんですか？」

「ヘッドライトがぴょこんと、飛び出しているんです」

「ああそれですか」

亀井は微笑した。

亀井が一人で、近くの本屋から今年の日本車、外車一覧という分厚い本を買って来て、それを彼女に見てもらった。

その結果、武藤カオルの車は、どうやらマツダのＲＸ―７らしいとわかった。色はグリーン。年式はわからないが、汚れていたというから、一、二年前のものかも知れない。

「どうしますか？」

亀井が、小声できいた。

どうするかということは、どうやって武藤カオルを捜すかということである。

彼女の部屋を調べれば、どこへ行ったか、その手掛かりが見つかるかも知れない。

しかし、ただ、旅行に出かけただけの女の部屋を調べられるだろうか？

殺される危険があるといっても、それは、十津川がそう考えているだけのことで、確証はないのだ。

「令状はとれそうもないね」

と、十津川はいった。

「しかし、やみくもに、捜しても、なかなか、見つかりませんよ」

「彼女の家族がいれば、説得して、部屋に入れてもらうんだがね」

「家族を探してみます」

と、亀井がいった。

亀井は、管理人に会い、武藤カオルが、部屋を借りる時に書いた契約書を見せてもらった。

保証人は、内田悠《うちだゆう》となっていた。住所は練馬区石神井《しやくじい》である。

「なんでも、叔父に当たる人が、サラリーマンということでした」

と、管理人はいった。

亀井が、一人でその内田悠に会うために、石神井に出かけて行った。

捜査本部に戻って、待っていた十津川に、亀井から電話が入った。

「うまく内田さんに会えました。武藤カオルの両親は、九州の長崎に住んでいるそうで、内田さんは、東京で彼女の親代わりになっているということです」

「それで、内田さんは、こっちの頼みを聞いてくれそうかね？」

「大丈夫です。マンションのカギも預かっていて、彼女の親から何かあったら部屋に入って調べてくれといわれているそうですから」

「じゃあ、開けてくれるんだな？」

「これから、内田さんを連れて、そのマンションに行きます」

「じゃあ、向こうで、会おう」

と、十津川はほっとした顔でいった。

2

内田は四十二、三歳の男で、銀行員だといい、名刺をくれた。

「本当に、カオルが危ないんですか？」

と、内田はまだ半信半疑の顔で、十津川にきいた。

「狙われているのは、間違いありません。狙っているのは、今までに二人の人間を殺した人物です」

と、十津川はいった。

「本当なら、早く見つけて守ってやらんと――」

「そうです。行く先を知りたいのです」

「わかりました」

と、内田はいい、ポケットからカギを取り出して、武藤カオルの部屋を開けた。

十津川と亀井は、内田に立ち会ってもらって部屋の中を、調べることにした。

十津川が、知りたいことは二つあった。

一つは、もちろん彼女の行く先だが、もう一つは、彼女と岡田《おかだ》孝男《たかお》の関係が証明されるものがあるかどうかである。

もっと正確にいえば、半年前、彼女が、岡田のポルシェに乗って、長野へ行ったという証拠が欲しいのだ。

部屋は、若い女の子のものには思えなかった。

壁には自動車レースのパネル写真が、所せましと掛かっているし、棚には精巧な車の模型が並んでいる。

「仕事は、何をしているんですか？」

と、亀井が、机の引き出しを調べながら、内田にきいた。

「短大へ行っている筈《はず》ですが」

と、内田がいう。

「しかし、行ってるようには見えませんねえ。やたらに車を乗り廻しているようにしか見えませんよ」

「車が好きなのは知っていましたが、今の若者なら当たり前だと思っていますよ。九州の両親も、それは納得しているんです」

「納得して、車を買い与えたり、月々お金を送っているわけですか？」

「東京で生活していくには、金がかかりますからね」

「一ケ月、三十万も、仕送りしているんですか」

亀井は、預金通帳を見つけて、内田にいった。

毎月、一日に三十万ずつ、振り込まれている。

「彼女の両親は、長崎で手広く商売をやっていますから」

と、内田はいった。

その仕送りで、学校へは行かず、車を買い、遊び歩いているということなのか。

それもなかなか優雅な遊びを楽しんでいるようだ。

十津川は、アルバムを見つけて、ページを繰っていった。

サーフィンを楽しんでいる写真がある。

サーフボードを車の屋根にのせている写真。

海に潜っている写真も、見つかった。

「カメさん、あったよ」

と、十津川は、亀井を手招きした。

四人の男女が、写っている写真である。

新井《あらい》、岡田、浜野《はまの》みどり、そして、武藤カオルの四人が、一緒に写っている写真が、十枚あった。

ポルシェとベンツの前で、揃《そろ》った写真もあったし、どこかの温泉旅館の前で岡田と肩を組んでいる写真もある。

「この温泉が、どこかわかれば例の事故現場に行ったかどうかも、わかって来ますね」

と、亀井がいった。

「あの道路は、松本から上田へ抜ける国道143号線だった。従ってこの温泉は、その周辺だと思うね。捜査本部に戻ったら、すぐ、長野県警に頼んで調べてもらおう」

と、十津川はいった。

これで一つの目的は達したが、もう一つの目的、武藤カオルがどこへ行ったかは、なかなかわからなかった。

アルバムを見る限り、各地のサーキットにはよく行くらしい。それに気まぐれな旅もである。

今度の旅行は、そのどちらなのだろうか？

とにかく、捜査本部に戻ると、十津川は、長野県警に連絡をとった。

国道143号線の地蔵峠付近で起きた半年前の事故についてである。

新井修《おさむ》たち四人の顔写真を電送し、事故の前後に、周辺の温泉に泊まらなかったかどうかの問い合わせである。

すぐ調べてみましょうと、約束してくれて、十津川はひとまずほっとした。

問題は、武藤カオルがどこへ行ったかである。

若い日下《くさか》刑事が十津川に、

「明後日《あさって》から鈴鹿でＦ１グランプリの予選が、始まります。それに行ったんじゃありませんか？」

と、いった。

「Ｆ１グランプリを日本で、やるのかね？」

十津川がきいたのは、いつもイギリスやイタリアでやっているような印象を、十津川は持っていたからである。

「十年振りで、日本で開催されることになったんです。決勝は日曜日ですが、三日前からフリー走行や、予選などが行われます」

車好きの日下は、眼を輝かせて、いった。

ネルソン・ピケとか、ナイジェル・マンセルというドライバーの名前をあげたが、十津川の知らない名前だった。

「君だったら、鈴鹿に行って見たいと思うかね？」

と、十津川は若い日下にきいてみた。

「そりゃあ、見たいですよ。今もいったように、十年ぶりに日本で行われるF1グランプリですからね。日本の次は、オーストラリアでやって、それで、今年のグランプリが決まるんです」

「しかし、決勝は次の日曜日だろう。それなのに、今頃から行っているのかね？　武藤カオルは」

「それはわかりませんが、雑誌や新聞はもう書き立てているし、テレビもあおっていますから、気の早い人間は今から鈴鹿へ行って、人気《ひとけ》のないサーキットを見ているんじゃありませんか。それに、どこかのテレビ局が今度のF1グランプリに引っかけてミス・サーキットを募集したりしていますから、ひょっとすると、それに応募したのかも知れません」

「なるほどね」

と、十津川は肯《うなず》いてから、

「君が一人で、先に鈴鹿へ行ってくれないか。私とカメさんも、後から行く」

「本当に、行かせてもらえるんですか？」

日下は、嬉《うれ》しそうにいった。

「しかし、君の目的は、サーキットを見ることじゃなくて武藤カオルを見つけることだよ。それを忘れずにな」

「もし、見つけたら、どうしますか？」

「どうするかな」

十津川は、迷った。

安全を第一に考えれば、とにかく保護することだろう。

だが、笠井麻美《かさいまみ》を逮捕するためには、武藤カオルを泳がせておいた方がいい。もしカオルが鈴鹿に行っているとすれば、笠井麻美も、必ず鈴鹿に行くだろうと、十津川は、思っていた。

麻美は、新井修と、武藤カオルの二人を殺したいと、思っているだろう。

新井の方は、うまく罠《わな》にはめたので、現在殺人犯人として警察に追われている。放っておいても構わないと考えているだろう。

だから北海道から鈴鹿に飛んで、武藤カオルを狙うのではないか。

「カメさんなら、どうするね？」

と、十津川は迷った揚げ句、亀井の意見を求めた。

「私なら、彼女を保護せず、笠井麻美の逮捕に全力をあげますね。もし、武藤カオルが、鈴鹿に行っていれば、チャンスです」

亀井は、迷わずにいった。

「そうだなあ」

十津川は、この男にしては珍しく、まだ迷っていた。

警察が、武藤カオルを保護してしまったら、笠井麻美は気配を察して、鈴鹿から逃げてしまうだろう。

犯人というのは敏感だからだ。

確かに亀井のいうように、チャンスなのだ。

笠井麻美も、十津川たちと同じように、岡田孝男の車に、同乗していた女のことを調べたに違いない。

そして、それが武藤カオルという女で、サーキットギャルの一人とわかっていたら、必ず今度の鈴鹿に現れると思い、乗り込んで来るに違いないのである。

「よし。今度は、われわれが罠を仕掛けよう」

と、十津川は決断した。

だが、すぐ言葉を続けた。

「日下刑事一人では、心もとないから清水《しみず》刑事も一緒に行ってくれ」

と、いった。

日下と清水の二人の刑事が、出かけたあと十津川の電話が鳴った。

「おれは、新井修だ」

と、男の声がいきなりいった。

十津川は、亀井を呼び、一緒に聞くように、合図を送ってから、

「私が、十津川だ。君の連絡を、待っていたんだ」

「笠井麻美というあの女が、おれの命を狙っているというのは、本当なのか？」

と、新井が、きいた。

「本当だ。君はすぐ出頭したまえ」

「出頭してもいいが、それには条件がある。おれは、函館のホテルで、笠井麻美と一緒にいた男をナイフで刺してしまったが、あれは、あの女の罠に引っかかったんだよ。それは、警察だってわかってる筈だ。だから、あの件については、絶対に、罪に問われないという約束が欲しい」

「それは、裁判で、決めることだ」

「ちょっと待てよ。ということは、あくまで、おれを殺人容疑で逮捕するってことか？」

新井の声がとがった。

「そうだ。裁判になれば、君が罠にかけられたことも、明らかになると思う。しかし、今は、君は殺人を犯したんだ」

「警部さん、あんただって、おれの証言がなければ困るんだろう？　笠井麻美を殺人で逮捕するには、おれの証言が必要なんだろう？　それでも取引はしないというのか？」

「取引はしない。が、君を保護したい。だからすぐ出頭したまえ。今、どこにいるんだ？」

と、十津川は、きいた。

「おれを逮捕しないという約束がない限り、出頭はしない。勝手に捜すんだな」

新井は、強気でいった。

「そのまま逃げていると、裁判でも不利になってくるぞ。すぐ出頭するんだ」

と、十津川はいった。

「冗談じゃない。そっちの約束が先だ。またかける。おれが、必要だってことをよく考えるんだな」

新井は、それだけ勝手にいうと、電話を切ってしまった。

「勝手な男ですね」

と、亀井が腹立たしげにいった。

十津川は笑って、

「また、すぐ連絡してくるさ。彼は警察に頼るより仕方がないんだ」

と、いった。

二時間後に、長野県警から電話が入った。

例の事件の日の午後、近くの別所温泉に、新井たち四人が泊まったことが、確認されたという連絡だった。

3

これで半年前の事故の時、新井、岡田、浜野みどり、そして、武藤カオルの四人が、一緒に、旅行していたことが、確認されたことになる。

恐らく、笠井麻美も、そのことはすでに知っていると、見なければならない。

彼女は一人で、こちらは警察の組織を持っているが、向こうには若く、美しい女だという武器があるからだった。

翌日、鈴鹿に行った日下と清水の二人から電話連絡が入った。

「今日から、公開練習が始まりましたが、見物客が沢山集まって、大変な賑《にぎ》やかさです」

若い日下は、興奮した口調でいった。

十津川は、苦笑しながら、

「興奮するのはいいが、武藤カオルは、見つかったのかね？」

「それが、まだです。若い女の子が沢山来ているし、このレースに、CMを出している各スポンサーが、マスコットガールを、集めています。武藤カオルは来ていると思うんですが、まだ、どこにいるのかわかりません」

「レースのキャンペーンガールというのも、いるんだろう？」

「います。今日、揃いのユニホーム姿で、写真を撮《と》られていました」

「その中に、いるかも知れんよ」

「ええ。それで清水刑事と一緒に、見に行ったんですが、入っていませんでした」

「明日、明後日に予選があって、三日目が決勝だな？」

「そうです」

「それまでには、必ず見つかるよう、しっかり見ていてくれ」

と、十津川はいった。

予選最終日になって、日下と、清水からやっと、武藤カオルが見つかったという連絡が入った。

「煙草メーカーのマスコットギャルになっていました」

と、清水がいった。

Mという外国煙草である。

「まずいことに、今朝のスポーツ新聞に、写真が出ました。レオタード姿で、他のマスコットギャル四人とです」

と、日下がいう。

亀井が、すぐそのスポーツ新聞を持って来た。

なるほど、「鈴鹿特集」の中に、「M煙草のマスコットギャルたち」ということで、五人のレオタード姿の若い女が写っている。

現代の若い女らしく、いずれもスタイルがいい。

「右から、二番目です」

と、亀井が小声でいった。

「スポーツ新聞を見たよ」

と、十津川は日下にいった。

「笠井麻美も、見るんじゃないでしょうか？」

と、十津川はいってから、

「私と、カメさんも、すぐ、そちらへ行く。私たちが着くまで、何としてでも、武藤カオルを守るんだ」

と、つけ加えた。

十津川は、亀井と、すぐ三重県の鈴鹿に向かった。

新幹線で名古屋まで行き、名古屋からタクシーに乗った。

鈴鹿が近くなると、道路がやたらに混んでくる。それも若者が乗った車が多い。

周囲は、雑木林や田畠が広がっている。鈴鹿のサーキットが、田園の中に作られたものであることがわかる。

頭上に、取材のヘリコプターが、飛んでいるのが見えた。

日本で行われるF1グランプリということで、人気が高まっているのだろう。

日下と、清水が、十津川たちを待っていた。

「決勝の日の入場券は、もう全部、売り切れているそうです」

と、日下がいった。

「笠井麻美は、見つからないか？」

「見つかりません」

「武藤カオルは？」

と、亀井がきいた。

「いつも、仲間と一緒に行動しています。テレビ局や、雑誌の取材に応じたり、煙草を配ったりです」

「どこに、泊まっているんだ？」

「ここから、五百メートルほどのところにあるホテルに、仲間と一緒に泊まり、専用バスで、サーキットへ来ています」

「笠井麻美が、狙い易いかね？」

「いや、独りで行動することが少ないので、狙いにくいと思いますね」

「武藤カオルには、狙われていることを話していないんだろう？」

「何も話していません。話しますか？」

と、日下が、十津川にきいた。

「いや、知らせるのは、よそう。その代わり、何としてでも彼女を守って、笠井麻美を捕まえるんだ」

　十津川は、自分にいい聞かせる調子でいった。

　まだ予選だが、それでもスタンドに観客が溢《あふ》れ、ピットも、熱気で包まれている。三重県警からも何人かの警官が来ていた。決勝の日には、もちろんもっと多くなるだろう。

　十津川は、その責任者の前田《まえだ》という警部に会って、事情を説明した。何といっても、ここは三重県警の縄張りだからである。

　警察官の詰所で、十津川は、持参した笠井麻美の写真のコピーを、十枚、前田に渡した。

「彼女を見つけたら、まずわれわれに、知らせて欲しいのですよ」

　と、十津川は、頼んだ。

「この女が、鈴鹿で、武藤カオルという女を、殺すというわけですか?」

「もし、姿を見せたら、それは殺人のためだと思います」

「わかりました」

　と、前田はいってくれた。

　この日、予選最終日だったが、観衆は五万人を超えたということだった。

十津川たちは、特別のバッジを貰い、それを胸につけて、自由にピットにも、入れることになった。

日下と清水の二人が、終始、武藤カオルの近くにいるように努めた。

予選最終日が終わったが、笠井麻美は姿を現さなかった。

その夜、十津川たちは、武藤カオルたちが泊まっているホテルに部屋をとった。

笠井麻美が、サーキットで、武藤カオルを殺すのを諦《あきら》め、ホテルで襲うことにした可能性もあったからである。

新しく建てられたホテルで、八階建てで、プールもある大きなものだった。

武藤カオルたちは、五階の部屋に泊まることを確かめてから、十津川と亀井は、ロビーの隅にある喫茶室でコーヒーを飲みながら、これからの対応を考えた。

このホテルに、笠井麻美が泊まっていないことは、フロントで、確認している。

「今日半日、サーキットにいたら、耳が痛くなりましたよ」

と、コーヒーを飲みながら亀井が、耳をこすった。

「私もだよ」

と、十津川も笑った。まだ、レーシングマシーンのあの猛烈なエンジンの響きが、残っている。

「果たして笠井麻美は、鈴鹿に来るんでしょうか？」

亀井が、迷いの見える眼でいった。

「来ない可能性もある、と思うのかね？」

「ひょっとすると、彼女は、先に、北海道で新井修を殺そうとするんじゃありませんか？　どうも、こちらへ着いてから、そのことが、気になって来たんですが」

と、亀井がいう。

「おい。カメさん、脅かさないでくれよ」

十津川は、笑った。

が、その笑いは、ゆがんだものになってしまった。

新井の方は、今度は、笠井麻美の計画が成功して、今、殺人犯で追われている。

だから、今度は、武藤カオルを狙うだろうと、十津川は読んだのだが、考えてみれば、殺人犯がこちらの考えたとおりに動くとは、限らないのである。

もし、新井が、眼の前にいたら、感情のおもむくままに、彼の方を殺してしまうことも、あり得るのだ。

それに、マスコミのことがある。

十津川は、事件の解明に役立つと思って、警察としての推理を、記者会見で発表した。

その結果、新井が、十津川に連絡して来たりしたのだが、あの新聞記事は、笠井麻美も読んでいるだろう。

（と、すると――）

彼女は、新井を罠にかけ損なったと、思い始めているかも知れない。

そして、武藤カオルより先に、新井を殺そうと考える可能性もある。

新井が、警察に電話してくるようになったとすれば、なお更かも知れない。新井が警察に出頭して、何もかも喋《しゃべ》ってしまったら、彼は、刑務所に入ることになるかも知れないが、笠井麻美は、永久に新井に対して復讐《ふくしゅう》できなくなるだろう。

（まずかったかな？）

と、十津川は思った。

「ちょっと、電話してくる」

と、十津川は亀井にいい、ロビーの公衆電話で、東京に残っている西本《にしもと》刑事に、連絡をとった。

「その後、新井から、電話はないか？」

「ありません」

と、西本がいう。

「道警の方からの連絡はどうだ？　まだ、笠井麻美と、新井修を見つけてないのか？」

「一時間前に連絡をとりましたが、依然として、二人を見つけてないそうです」

「新井から連絡があったら、何としてでも警察に出頭するように、説得してくれ」

と、十津川はいった。

それでも、なお不安は、消えてくれなかった。

4

決勝の日は、朝から快晴で、十一万人の観客が、鈴鹿に押しかけた。

サーキット内には、すし店、おにぎりの店、ラーメン店、カレー店などがあって、観客が若いだけに、どの店にも人が集まっていた。

煙草の特設売り場も設けられ、武藤カオルもそこで、他の四人のマスコットギャルと、愛嬌《あいきよう》を振り撒《ま》いている。

十津川は、その売り場に、日下と清水を、張り込ませておいた。

十津川と亀井は、双眼鏡を借りて、観客席などを、見渡してみたりしたが、笠井麻美の姿は、なかなか見つからなかった。

午後二時。二十六台のマシーンが、一斉にスタートした。

車体が、走路にこすれて、火花が走る。その度に、喚声がわいた。

「笠井麻美が、来ませんね」

と、場内を歩きながら亀井が、小声でいった。

「そうだな」

「武藤カオルが、ここに来ていることを知らないのかも知れませんね」

「そうだとすると、こうしてわれわれが警戒していることは、何の意味もなくなってしまうんだが」

二人の喋る声を、マシーンの轟音《ごうおん》が、時々かき消してしまう。

三重県警の前田警部に会ったが、部下から笠井麻美を見たという報告は、入っていないといわれた。

レースが終わった。

が、依然として、笠井麻美は現れない。

「このあと、武藤カオルは東京に帰るのかな？」

と、十津川がきくと、日下が、

「さっききいて来たんですが、富士に行くといっていました」

「富士って、富士スピードウェイか？」

「そうです。向こうで、次の土、日に、ストッカー・レースが、急に開かれることになって、それにも煙草会社は、スポンサーになっているので、宣伝に行くんだそうです」

「そのことが、新聞に載ったかね？」

「一部のスポーツ紙に、載っていたようです」

「鈴鹿では、警戒が厳重と考えて、そちらの方を狙う気かな？」

「それなら、いいと思いますが」

と、亀井がいった。

観客席には、すでに人影はほとんどなくなり、清掃作業が行われている。

大変なゴミの山になるだろう。とにかく、後楽園球場の二倍以上の観客が集まったのである。

マスコットギャルたちも、自分たちの持ち物の周辺を、片付けている。

十津川は、改めて周囲を見廻した。

（笠井麻美は、とうとう来なかったのだろうか？）

おかげで、武藤カオルは無事だったが、拍子抜けの気分が、ないでもなかった。

武藤カオルたちがホテルに行ったあと、十津川と亀井も、東京に戻ることにした。

富士スピードウェイで、武藤カオルが危ないとしても、それまでは、日下と清水の二人の刑事が、彼女に、密着していればいいだろうと、思ったからである。

十津川と亀井は、日下たちにあとを頼んで、タクシーで名古屋に向かった。

名古屋から、新幹線に乗る。

車内で、十津川は、もう一度東京に、電話を入れた。

「北海道の方は、どうだ？」

ときくと、西本刑事は、

「道警では、まだ新井も、笠井麻美も見つけていません。それから無言の電話が、二回入りました。私が出ると、すぐ切られてしまいましたが」

「新井かも知れんな」

と、十津川はいった。

とにかく、まだ新井は殺されていないらしいという感触だけは、持つことが出来た。

その夜、東京の捜査本部に戻った十津川に、鈴鹿に残った日下刑事から電話が入った。

「面白い話を聞きました」

と、日下がいった。

「どんなことだ？」

「ゴミの山を片付けていた清掃員のことですが、今日だけ、臨時にアルバイトを、五十人傭《やと》ったということなんですが、その中に若くて美人の女性が、一人いたというんです。ほとんどが、男か、女性なら子持ちの主婦というのに、彼女だけは、目立ったといっています」

「笠井麻美か？」

十津川が眼を光らせてきいた。

「どうも、そうらしいんです。日当を払うときになって、消えていたということです」

「武藤カオルの周辺を、われわれが警備していたので、清掃人になって近づこうとしたのかな？」

「そうだと思います」

「笠井麻美がそっちにいるとなると、武藤カオルは、がっちり守ってくれよ」

と、十津川はいった。

「わかりました。今夜は、このホテルに泊まり、明日、チャーターしたバスで、富士に移動するということです」

と、日下は、いった。

5

十津川は、不安になってきた。

北海道にいる筈の新井のことである。

笠井麻美と思われる女が、鈴鹿に来ていたという日下たちの報告が、あったからである。

彼女が、まず武藤カオルを狙おうとして、北海道から、鈴鹿に飛んで来たのならいいが、新井をすでに殺してしまっている可能性も考えられるのだ。

その新井から、連絡が入れば無事とわかるのだが、なかなか電話が入らなかった。

「何をやってるんだ？」

と、十津川は、かかってこない電話に、いらだちながら、亀井にぼやいた。

「新井は大丈夫だと思いますが」

と、亀井はいった。

「そうかな」

「北海道で新井を殺してから、鈴鹿に駈けつけるのは、大変だと思いますよ。日程的に見てです」

「新井という男は、どうしても好きになれないが、それでも、死なせたくないからね」

と、十津川はいった。

「新井は、なかなかの男ですし、もう笠井麻美の顔もわかっています。彼女にしても、殺しにくいと思います」

「確かに、そうなんだがね」

と、十津川がいった時、電話が鳴った。

十津川は腕を伸ばして、受話器を取った。

「おれだ」

という新井の声が、聞こえた。

十津川は、ほっとしながら、

「今、どこにいるんだ？」

「あんたも、能がないねえ。毎回、同じことをきくじゃないか。おれが、正直に答えると思っているのかね？」

と、新井は電話口で、笑い声を立てた。

十津川は、むっとしながら、

「君は、自分のおかれている立場が、わかっているのか？　殺されかかっているんだぞ」

「それは、どうかな。考えてみたら、相手はたかが女一人なんだ。顔も知っている。めったに殺される筈がないんだよ」

「それなら、今のまま、逃げ廻っているんだな」

と、十津川は、わざと突き放したようないい方をした。

一瞬、新井の言葉が途切れた。

「どうした？　怖いのか？」

「怖い筈がないだろう。相手は、たかが女一人だ。ただ、あんたたち警察が、わざとあの女を捕らえずにいるんじゃないかと思って、それが心配なんだ」

「そんなことをする筈がないだろう」

「いや、わかるものか。ひょっとすると、おれの方を、あの女より憎んでいるかも知れないからな」

と、新井はいった。

「ばかなことをいうな。君のことが、心配だからこそ、マスコミにああした発表をしてもらったんだよ」

「それなら、無条件におれを守ってくれてもいいだろうが」

「それは、駄目だ。半年前の長野の自動車事故について、君を訊問する」

「あれは、ただの事故だよ。警察がシャカリキになることはないんだ」

「それは、こちらの捜査で決まることだよ。われわれとしては、あの事件について、君に、いろいろときくことがあるんだよ。すぐ、出頭したまえ。笠井麻美からは、君を守ってやる」

「何も無しでなければ、出頭はしないよ。その代わり、笠井麻美が、いかにおれを欺《だま》し、罠にかけようとしたかは証言してやる。それで十分だろう?」

「彼女が君を罠にかけたのは、半年前の事件があるためだ。それを、はっきりしなければ、今度の事件も解決しないんだ。君にも、それはわかっている筈だが」

「わからんね」

と、新井はいった。

「もう一度きくが、今、どこにいるんだ？」

「おれにきかずに、捜したら、どうなんだ」

と、新井はいってから、

「笠井麻美が、どこにいるかわかったか？」

「いや、残念ながらわからないが、北海道じゃないかね」

わざと、十津川がいうと、新井は、

「北海道か、間違いないのか？」

「なぜ、そんなことをきくんだ？」

「こっちにも警察があるからね。また、気が向いたら、電話するよ」

新井は、それだけいうと、電話を切ってしまった。

十津川は、舌打ちしてから、亀井に、

「逆探知は？」

「東京周辺の公衆電話だということです」

「北海道じゃないのか」

新井が、北海道に間違いないのかといったとき、ほっとしたようなひびきだったのは、そのせいだったのかと、十津川は納得した。

「東京周辺のどこと特定できたのかね？」

十津川は、亀井を見やった。

「出来ないんです」

「なぜ、東京に舞い戻って来たんだ」

十津川は、腹立たしげにいった。北海道にいてくれれば、しばらくは武藤カオルの心配だけしていれば、いいのにである。

「なぜ、奴は、電話してくるんですかね？　半年前の事件については、証言する気はないのに」

と、亀井がきいた。

「多分、こっちの様子を知りたいからだろう。半年前の事件について、どのくらい知っているのかとか、笠井麻美が、今どこにいるかも知りたいのだ。だから、電話をかけて来て、こっちの反応を見ているんだ」

「東京周辺といっても、広いですからねえ。参ったな」

亀井は、苦い顔になった。

「まさか――」

急に、十津川の顔色が変わった。

「どうされたんですか？」

「新井の趣味は車だった。まさかと思うが、新井まで富士スピードウェイで開かれるストッカー・レースを見に行こうとしているんじゃないだろうね」

「それは――」

と、亀井はいってから、

「わかりませんよ。新井は逃げ廻って、いらいらしていると思うのです。車が好きなら、気晴らしに好きなカー・レースを見に行くというのは、十分に考えられますからね。それに、笠井麻美が北海道と思えば、安心してレースを見に行くんじゃありませんか」

「とすると、羽田から、電話してきた可能性が大きいな」

と、十津川はいった。

千歳から、飛行機で羽田に着いて、電話してきたのかも知れない。

北海道の各空港は、道警が監視してくれている筈だが、笠井麻美も、いつの間にか、鈴鹿に来ていたのだ。

海外へ行くのと違って、パスポートの提出も必要ないし、偽名でも、飛行機には、乗れる。うまく変装して、飛行機に乗ったら、監視の眼をくぐり抜けることは可能だろう。

「富士スピードウェイのストッカー・レースは今度の土曜日と日曜日だ。あと五日か」

十津川は、壁に掛かっているカレンダーに眼をやった。

「それまでに、新井か、笠井麻美を捕えないと、二人とも、富士スピードウェイに行きますね」

と、亀井がいった。

「それに、武藤カオルもだよ」

十津川が、つけ加えた。

亀井は、ニヤッと笑って、

「その方が、かえって、いいかも知れませんね。うまくいけば、笠井麻美と、新井の二人を同時に、逮捕できるかも知れませんからね。二人を捕えられたら、武藤カオルも、もう泳がせておく必要がありませんから、半年前の事件の共犯として逮捕できます」

と、いった。

「わざと、土、日まで放っておくわけにもいかないだろうが、最後は、富士スピードウェイで、結着をつけられるかも知れないね」

十津川も、肯いて、そういった。

「問題は、それまでに笠井麻美が、次の殺人を犯してしまうことですが――」

亀井が、言葉を切って考える眼になった。

十津川も、それが怖いのだ。

笠井麻美はアルバイトの清掃人に化けて、鈴鹿のサーキットに入って来た。

しかし、マスコットギャルになっていた武藤カオルを、殺すことは出来なかった。

彼女が、他のギャルと一緒に、行動していたし、刑事たちが、監視していたからでもあるだろう。

しかし、武藤カオルが、仲間と一緒に富士スピードウェイに向かうことは、知ったのではないか。

とすると、笠井麻美も、当然、富士スピードウェイに行くだろう。

「ストッカー・レースの日に殺そうとするか、それとも、それまでに武藤カオルを狙うかだが、カメさんは、どっちだと思うね？」

十津川は、カレンダーを見ながら亀井にきいた。

「彼女は鈴鹿で、失敗しています。ですから、富士スピードウェイでと、決めずに、チャンスがあれば、いつでも武藤カオルを狙うと思いますね。移動の途中でもだと、思います」

と、亀井はいった。

十津川は、武藤カオルがマスコットギャルをやっている煙草会社へ、電話をかけて、正確な移動予定をきいた。

まっすぐ、富士スピードウェイに行くのだと思っていたが、違っていた。

今日十一月二日は名古屋に向かい、名古屋市内で一泊するのだという。

二日〜三日　名古屋市内で、宣伝活動。市内のSホテルに泊まる

四日　東京に向かい、東京のFホテルに入る

五日　東京で、宣伝活動

六日　富士スピードウェイに向かい、Gホテルで一泊

七日〜八日　富士スピードウェイで、宣伝活動

確かに、ただ遊ばせるために採用したわけではないから、そんなスケジュールは当然なのだろう。

「このスケジュールは、公になっているんですか？」

と、十津川は、向こうの広報の人間にきいた。

「マスコットギャル全員にスケジュール表を渡してあります。それから名古屋と、東京の煙草の販売店にも、知らせてあります」

「全部の煙草店を、廻るわけじゃないでしょう？」

「それは、不可能ですから、大きな売り場だけです。名古屋、東京とも、各デパートの煙草売場には行くことになっています。それから、オープンカーで、市内をパレードして、煙草を配ります」

「スケジュール表を、ファックスで送ってくれませんか」

と、十津川はいった。

「何かあるんですか？」

「いや、ただ用心のためです。魅力的なマスコットギャルに、いたずらする者もいますからね」

「そうですか」

「彼女たちのスケジュールを、きいて来た人間はいませんか？」

「よく、電話で問い合わせがありますよ。マスコットギャルの一人一人に、ファンがつきましてね。名前や電話番号を教えてくれといってくるのがいるんです」

「教えるんですか？」

「いや、教えませんが、宣伝にならないと困るので、スケジュールを教えて、応援してくれるように頼むことにしています。まあ、中、高生の男の子のファンが多いんですが」

「女性が、きいてくることもありますか？」

「ありますね。自分も来年は、マスコットギャルになりたいといいましてね。ぜひ、来年は、応募して下さいといっておきますが」

と、相手はいった。
七、八分してスケジュール表が、ファックスで、送られて来た。
十津川は、それを亀井に見せた。

「どう思うね？」

「きっと、笠井麻美も、これと同じものを手に入れていますよ」

と、亀井はいう。

「そう思った方がいいかも知れないね」

「これだと、名古屋でも、東京でも、狙い放題でしょう。特に、デパートの煙草売り場が危険だと思いますね」

「同感だね。マスコットギャルが出演すれば、売り場の周囲は、混み合うからね。笠井麻美が、相手に、近づきやすい」

「一番まずいのは、武藤カオルが、笠井麻美の顔を知らず、狙われていることも、知らないことです」

と、亀井はいった。

確かに、そのとおりだった。自分を狙っている女が、眼の前に立っても、気がつかないのでは、危険この上、ないのだ。

「今の中《うち》に、武藤カオルを逮捕してしまうかね？」

と、十津川がきいた。

彼も、迷っていた。そうすれば、武藤カオルが殺される心配はなくなる。

しかし、マスコットギャルから、彼女が抜けたら、笠井麻美は警察が、彼女をかくしたと、すぐさとるだろう。

そうなったら、彼女は姿を消してしまうに違いない。

日下と清水から、電話が入った。

十津川は、マスコットギャルのスケジュールのことをいうと、

「このスケジュール表は、私たちも、手に入れました」

と日下がいった。

「当然、笠井麻美も、手に入れたとみなければならん。それで、君たちの意見もききたいんだが、このまま彼女を使って、笠井麻美をおびき出す方法を続けるかね？」

「他に、方法は、ありますか？」

と、日下がきく。

「武藤カオルの安全を考えれば、中止すべきじゃないかと、思っているんだよ」

「彼女の安全は、私たちが守ります。相手は、たった一人の女です。むざむざ殺させやしません。それに、笠井麻美を逮捕するには、この方法が、一番いいと思いますね。この方法なら、彼女は必ず現れますよ」

「ひょっとすると、新井修も、富士スピードウェイに、行くかも知れないんだ」

「本当ですか？」

「北海道を抜け出して、東京の近くに来ていることだけは、間違いない。車が好きだから、富士に行く可能性は、強いんだよ」

「それなら、一石二鳥じゃありませんか。上手《うま》くいけば、富士で新井も逮捕できますよ」

「そうなってくれれば、いいんだがね」

と、十津川はいった。

やはり、このまま武藤カオルを泳がせておくのが、事件解決の早道に思えてくる。残るのは、彼女に笠井麻美のことを、話しておくかどうかである。

「それは、まずいですよ」

と、亀井はいった。

「武藤カオルの動きがぎごちなくなって、笠井麻美に警戒されてしまうか？」

「ええ。そう思います」

と、亀井はいった。

第七章　新宿の夜

1

時間がたっていった。

新井《あらい》の行方も、笠井麻美《かさいまみ》が、どこにいるのかもわからないままに、日時だけが過ぎていく。

十津川《とつがわ》は、武藤《むとう》カオルが狙われていることを、伝えなかった。

その代わり、日下《くさか》と清水《しみず》の二人の刑事に、カオルの傍らから離れるなと厳命しておいたし、彼女が名古屋に行き、そこで宣伝の仕事をしている間に、亀井《かめい》と名古屋へ行く気になっていた。

十一月二日、午後。

十津川は亀井と一緒に、新幹線で名古屋に向かった。

午後二時過ぎに名古屋に着くと、日下が知らせてくれていた市内栄町のホテルに顔を出した。

ロビーに入って行くと、日下と清水が待っていた。

「一時間ほど前に、彼女たちが、チェック・インしました」

と、日下が報告した。

「今日も、仕事があるんだろう？」

「四時から一時間、駅前のデパートでです。間もなくマイクロバスが迎えに来て、出かけると思います。明日は、午前中一度、午後一度、デモンストレーションがあると聞いています」

「このホテルの泊まり客は、調べたかね？」

「フロントで、笠井麻美の写真を見せてきいてみましたが、泊まり客の中に、彼女はいませんね」

と、清水が、いった時、カオルたちがマネージャーと一緒におりて来た。レオタード姿でないのは、デパートに着いてから着がえるのだろう。

「君たちの車は？」

と、亀井がきくと、日下が、

「ここの警察で、覆面パトカーを一台借りました」

「じゃあ、われわれも駅前のデパートに、行ってみよう」

と、十津川がいった。

カオルたちは、車体に、外国煙草Mの宣伝文句を描いたマイクロバスに乗って出発して行った。

日下の運転する車に十津川たちが乗り込み、マイクロバスのあとに続いた。

カオルたちは、窓から顔を出して、通行人に向かって手を振っている。

「まるで狙ってくれといわんばかりじゃないですか」

と、亀井が渋い顔で、十津川にいった。

「笠井麻美は、銃を使えないだろう」

「そう願っていますがね」

「ここの警察が、警官に、笠井麻美の写真のコピーを持たせて、見つけたら連絡するように、手配してくれています」

と、助手席の清水が、十津川にいった。

駅前のデパートに着くと、カオルたちは、胸のあたりに煙草の名前を入れたレオタード姿になって、一階の煙草売り場で、デモンストレーションを始めた。

たちまち煙草売り場のまわりに、人が集まってくる。

デモンストレーションといっても、別に彼女たちが唄うわけでもなく、小さな籠に、煙草を入れて売りさばくだけのことである。

それでも、若くて、スタイルのいい女の子が五人、レオタード姿で並ぶと、迫力があった。

カメラで、彼女たちを撮《と》りまくる若い男もいる。

十津川たちはお客の間に入って、周囲を注意深く見張った。

笠井麻美が近づいて来ないか、をである。

一時間の予定が一時間半にのびて、やっとカオルたちはマイクロバスに乗って、ホテルに戻った。

十津川たちも、同じホテルに部屋をとることにした。

「今日は、現れませんでしたね」

ロビーで、亀井が、疲れた顔でいった。

「七日、八日の富士スピードウェイのレースまで、スケジュールは決まっているから、それまでに殺《や》ればいいと思っているんだろう」

と、十津川がいっているところへ、日下がロビーにおりて来た。

日下は、笑って、

「今、マネージャーに聞いたんですが、彼女たちに、じゃんじゃん電話が、かかっているようですよ」

と、十津川にいった。

「電話って、誰からだね？」

「名古屋のプレイボーイたちです。デパートで彼女たちを見て、さっそく夜の名古屋に連れ出そうというんでしょう」

「それで、マネージャーは、許可しているのかね？」

「ファンがつくのはいいことなので、電話に出るのは、いいといっているそうです。しかし、外出は許可しないと、いっていますね」

「それならいい」

と、亀井はいった。

2

翌三日も、同じことだった。

午前と午後、他のデパートで仕事をし、同じホテルに泊まった。が、笠井麻美は現れなかった。

四日には、マイクロバスで東京に向かった。

十津川は、日下と、清水の二人を、同じマイクロバスに同乗させ、自分は亀井と新幹線で、一足先に東京に戻った。

「あの二人は、若いギャルと一緒のバスに乗れて、喜んでいますよ」

と、亀井は笑いながらいった。

彼女たちが、日下、清水の二人と、東京に着いたのは、陽《ひ》が落ちてからである。

今日は、そのまま新宿西口に、新しく出来たホテルに、泊まる筈《はず》だった。

十津川は、日下と清水にも、同じホテルに泊まらせた。

「どうも、富士スピードウェイに行ってからの勝負のようですね」

と、亀井がいう。

「そうかも知れんな。二人の刑事が、貼りついているので、笠井麻美は近づけないのかも知れない。そうだとすると、これは罠《わな》にならないが」

「と、いって、二人に引き揚げさせると、危険になりますが、どうしますか？」

「そうだな」

十津川にも、わからないのである。

わざと、隙を見せたらとも思うが、それが本当の隙になってしまっては、何にもならない。

十津川は、ホテルの日下に、電話を入れた。

「どんな具合だね？」

「マネージャーの話では、マスコットギャルは東京の子が多いので、今夜は、帰りたければ自宅に帰すといっています」

「まさか、武藤カオルは、ホテルから出てないだろうね？」

十津川は、あわてて、きいた。

「大丈夫です。彼女は、ホテルに残っています」

「君が、残れといったのかね？」

「いえ、彼女が、自主的に、残ったようです。五人の中《うち》、三人が都内の自宅に帰り、現在、武藤カオルともう一人が、ホテルにいます」

「笠井麻美が、忍び込む様子は、ないかね？」

「今のところ、ありませんね。女が一人で入ってくれれば、目立ちますから、わかると思います」

と、日下は、自信にあふれた声でいった。鈴鹿からここまで、笠井麻美に一指も触れさせずに来たことへの自信だろう。

午後八時近くなって、十津川に電話がかかった。

「おれだよ」

という、聞き覚えのある声がした。

十津川は、亀井にも、聞くように合図してから、

「新井だな？」

「そうだ。笠井麻美は、まだ捕まらないのか？」

「残念だが、まだだ」

「何をもたもたしてるんだ」

と、新井は文句をいった。

「今、どこにいる？」

「そんなこと、いえると思うのかね。早く彼女を捕まえてくれないと、おれはおちおち出来ないじゃないか」

「出頭してくれれば、私たちが、必ず保護する。ただし、長野での事件について、正直

に話すことが、条件だ」

「それは、ただの交通事故だよ。それを、今更、ほじくり返すことはないだろうが」

「そんな話を聞く気はないよ。本当の話を聞きたいんだ。あの事件が原因で、今度の事件が、起きているんだからね。とにかく、出頭したまえ」

「考えさせてもらうよ。おれのことをあれこれ心配するより、一刻も早く、笠井麻美を捕まえるんだな。あいつは、正真正銘の殺人犯なんだからね。わかっているのか？」

「わかっているよ」

と、十津川はいった。

西本《にしもと》刑事が、十津川の傍らに来て、

「大阪市内の公衆電話です」

と、小声でいった。

「また、電話する」

といって、新井は電話を切った。

大阪市内のどこかまでは、わからなかった。

「出頭したがっているんじゃありませんか？」

と、亀井がきく。

「しかし、自分の罪は無かったことにしてくれというんだ。取引をする気だが、そんなものは受け入れられないからね」

十津川は、苦しい声でいった。

夜中になった。

日下や、清水からは何の連絡もない。

(笠井麻美は、やはり、富士スピードウェイで、襲う気なのだろうか？)

と、十津川は、思った。

「交代で、寝ようじゃないか」

十津川が、亀井に向かっていった時、電話が鳴った。

深夜の十二時を過ぎたところだった。

「おれだよ」

と、新井の声が、いった。

「決心がついたかね？」

「今、大阪にいる」

「わかってる」

「なぜ知ってるんだ？　ああ、逆探知か」

と、新井は、ひとりで肯《うなず》いてから、

「今、市内のホテルだが、決心がついたら、また電話するよ。それより、早く笠井麻美を捕まえてくれ、頼むぜ」

と、いい、勝手に、電話を切ってしまった。

「短くて、逆探知は出来ないようです」

と、西本がいった。

「いいんだ。大阪市内のホテルというのは本当だろう」

「出頭して来るのを、待ちますか？」

亀井が、きいた。

「いや、大阪府警に頼んで、大阪市内のホテル、旅館を調べてもらう」

と、十津川はいった。

すぐ、大阪府警本部に電話を入れて、十津川は捜査を依頼した。

朝が、来た。

午前八時を過ぎた時、仮眠をとっていた十津川は、西本に起こされた。

「大阪府警から電話です」

「大阪？」

と、呟《つぶや》いてから、肯いて受話器を取った。

「大阪府警の浜中《はまなか》です」

と、中年の男の声がいった。

「新井修を、保護しましたよ」

「本当ですか？」

「大阪市内のホテルを片っ端から、調べていったんですが、実は、門真《かどま》市のホテルにいたんです。一時間前に、やっと見つけました。こちらに、同行して来ています。ホテルの話では一昨日から宿泊しているということでした」

「何か、喋《しゃべ》りましたか？」

と、十津川がきくと、

「それが、警視庁の十津川警部になら話すが、他の人には、何も話したくないといって、黙秘を続けています」

と、浜中はいう。

「わかりました。すぐ引き取りに行きます」

と十津川は、いった。

「新井が、出頭したんですか？」

亀井が、きいた。

「大阪の門真市内のホテルで、一時間前に、保護されたそうだ。ただ、黙秘をしているということだ」

「自分に、不利になることを口にしてしまうのが、怖いんでしょう」

「それとも、私と、取引が出来ると、思っているのかも知れない」

と、十津川はいってから、

「私が、引き取りに行って来るつもりだが、あとは大丈夫かね？」

「大丈夫です。武藤カオルを殺させやしません」

と、亀井が、いった。

十津川が、大阪行きの支度をしているところへ、また電話が鳴った。受話器を取ったのは亀井だったが、その顔色が変わった。部屋を出かかった十津川を、「警部！」と、大声で、呼び止めて、

「日下君からです。武藤カオルが、殺されました！」

「バカな！」

と、十津川も大声になっていた。

もう、大阪へ新井の引き取りに行っているどころではなかった。

十津川は、大阪行きを中止し、亀井と二人、パトカーで新宿西口のホテルに急行した。

ホテルに乗りつけると、日下と、清水の二人が、青い顔で、ロビーに立っていた。

「君たちが、いるのに、どうなってるんだ！」

と、十津川は、思わず怒鳴った。

「それが、全くわからないんです。昨日、彼女と同室の子が世田谷の自宅に帰って、さっき戻って来ました。ベルを鳴らしても、武藤カオルが、ドアを開けてくれないので、ホテルのルーム係が、開けたところ、中で殺されていたんです」

一緒にエレベーターで九階にあがりながら、日下が説明する。

「死体は、そのままにしてあるのか？」

亀井が、怒ったような声できく。

「そのままにしてあります」

「くそ！」

と、亀井が舌打ちをした。

九〇一二号のツインの部屋だった。

ホテルの支配人が当惑した顔で、部屋の前に立っている。

十津川と亀井は、彼を押しのけるようにして、中に入った。

二つ並んだベッドの、奥の方に、ネグリジェ姿の武藤カオルが俯伏《うつぶ》せに倒れていた。

その背中に、ナイフが突き刺さり、ネグリジェを血で染めていた。

一緒に来た鑑識が、フラッシュをたいて、現場の写真を撮り、指紋の検出に動き廻っている。

「やられましたね」

と、亀井が、唸《うな》るような声でいった。

「やられたよ」

と、十津川もいった。

3

十津川は、ほぞを噛《か》みながら、亀井と捜査を進めた。

被害者武藤カオルは、仲間のギャルが自宅に帰って、独りでツインルームにいた。

そこを犯人に狙われたのだ。

同室のギャルは、部屋のキーを持って外出してはいない。

とすると、被害者がドアを開けて、犯人を部屋に入れたことになる。

犯人が女の笠井麻美だったので、安心して、ドアを開けてしまったのだろうか？

それとも、犯人が、女の声だったので、同室のギャルが戻ってきたと思って、カオルは、ドアを開けてしまったのか？

そのいずれにしろ、おれが殺したようなものだと、十津川は、思った。

武藤カオルに対して、笠井麻美という女が、君の命を狙っていると、注意しておかなかった。

注意していれば、カオルは、決してドアを開けなかったろう。

鑑識は、ドアのノブや、凶器のナイフの柄などから、犯人の指紋を検出しようと努めていたが、十津川は最初から、期待は持たなかった。

たとえ、笠井麻美の指紋が検出されたとしても、それが何の役に立つだろう。犯人が笠井麻美であることは、わかっているのだ。

わかっていながら、武藤カオルをむざむざ殺させてしまったことが、敗北なのである。彼女の指紋が、検出されたとしても、それは十津川自身の敗北を確認することでしかない。

結局、笠井麻美の指紋は検出されなかったが、それは当然だろう。犯人は、手袋をしていたか、犯行のあと、指紋を拭《ふ》き消して逃げ去ったのだ。

武藤カオルの死亡推定時刻は、四日の午後十一時から十二時の間と、解剖の結果わかった。

それなら当然、彼女はネグリジェ姿だったろう。

もう一つ、わかったことがある。

彼女は午後七時に、どこかへ電話をかけていた。

しかし、ロビーでかけたので、どこへかけたのかは、わからなかった。

他のギャルたちも、ホテルに着いたあと、女友だちや、自宅、或いは、ボーイフレンドに、電話しているから、武藤カオルの電話も、その一つと見ていいだろう。

「新井修《おさむ》は、どうしますか？」

と、亀井が、ふと十津川にきいた。

武藤カオルが殺されたショックで、新井のことを忘れてしまっていたのだ。

「君と西本刑事で、引き取りに行ってくれないか。今日は、午後から、記者会見に出なきゃならんからね」

と、十津川はいった。

「記者会見では、きっと、小突き廻されますよ。大阪へ逃げていた方が、いいんじゃありませんか？」

「そうしたいが、逃げるわけにはいかんさ。武藤カオルが殺された責任の大半は、私にあるからね」

と、十津川はいった。

その日の午後二時から、捜査本部で開かれた記者会見では、予想どおり、十津川が吊しあげを食った。

武藤カオルに、なぜ、何も知らせなかったのか。記者たちの質問と、批判は、その一点に集中した。

十津川は、正直に答えるよりなかった。

「迷ったのは、事実です。笠井麻美に狙われていることを、武藤カオルに話すべきか、黙っているべきかです。話せば、彼女は怯《おび》えてしまい、マスコットギャルを辞めてしまうでしょう。そうなれば、笠井麻美は、用心して近づいて来ない。そう思ったのです」

「つまり、武藤カオルを、犯人を釣るエサにしたわけですね？」

と、記者の一人が意地悪く質問した。

「結果的に、そうなりました」

「結果的というのは、おかしいんじゃありませんか。警察には、笠井麻美が武藤カオルを殺しに来ることがわかっていたんでしょうに、違いますか？」

「必ず来ると思っていたし、現に鈴鹿では、笠井麻美が武藤カオルに、近づいています」

「それなのに、何も教えなかったのは、ただ単に、一人の女性の生命をエサにしか考えなかったからじゃないんですか？」

と、記者が迫る。

さすがに捜査本部長が、

「それは少し、極端ないい方じゃないかね。われわれは誰一人として、人間の尊い生命を犯人を釣るためのエサなどと考えたことはありませんよ」

「しかし、被害者には狙われていることを教えなかったんでしょう？　その理由を、教えたのでは犯人の笠井麻美が、近づかないからということだった。それでは、彼女をエサとしか見ていなかったと、いわれても、仕方がないんじゃありませんかねえ」

4

警察と十津川に対する非難は、まだ続いた。

警察は、犯人逮捕に全力をつくすのは当然だが、それ以上に、大事なのは、人命ではないかといったことを、ねちねちと質問するのだ。妥当な意見だから、十津川としては、そのとおりだというより仕方がなかった。

もともと、警察とマスコミの関係は、あまり良好とはいえなかった。

マスコミは、警察を権力の象徴《シンボル》みたいにとらえている。だから、警察が失敗すれば、ここぞとばかり、書き立てるのだ。

警察を辞め、一人の平凡な市民になった人間が、何か事件を起こせば、「元警官の犯罪」と、書き立てる。まるで、現職の警官がやったみたいに書く。

だから今度の失敗は、マスコミに、恰好の材料を与えてしまったことになる。

「十津川さんは、優秀な刑事だと、思っていましたがね」

と、皮肉まじりに、いう記者もいた。

「その十津川さんが、武藤カオルが殺されることを見抜けなかったんですか？　予知できなかったんですか？」

　返事の仕様のない質問だった。

　予知できなかったといえば、刑事失格の烙印《らくいん》を押されるだろうし、予知できたといえば、なぜ、手を打たなかったのかと、いわれるだろう。

　だが、十津川は、丁寧に返事をした。

「笠井麻美の顔はわかっていましたし、武藤カオルは、ホテルの部屋にいました。また、ホテルには二人の刑事が配置されていたわけです。宿泊客の中に笠井麻美がいないことは、確認されていました。従って彼女が近づいても十分に対応できると、計算していたのです」

「しかし、出来なかったわけでしょう？」

　と、記者が食いさがる。

「そうです。出来ませんでした」

「つまり、警察の考えが甘かったということになるんじゃありませんか？」

「そういわれれば、そのとおりだというより仕方がありません」

「具体的に、どこが甘かったと思いますか？　その点の反省がないと、また同じような失敗をするんじゃありませんか？」

と、他の記者がきいた。

「一つだけ私の計算違いのことがありました。被害者の行動です。まさか、犯人を部屋に招じ入れるとは、思いませんでした。それが、計算違いでした」

と、十津川はいった。

彼としては、正直にいったのだが、記者たちには、それが卑怯《ひきょう》な弁解と、受け取られたようだった。

「それはおかしいんじゃありませんか。武藤カオルにきちんと話しておけば、そんなことには、ならなかった筈ですよ。笠井麻美という女に、命を狙われているから用心するようにといい、人相も教えておいたら、被害者は絶対に相手を部屋に入れなかったと思いますよ。そうでしょう？　犯人を部屋に入れてしまったのは、被害者が何も知らなかったからじゃありませんか。同性がやって来て、花束でも見せてファンですといえば、安心して、ドアを開けても、不思議はないでしょうに」

「そうかも知れませんが、被害者はもう、ネグリジェ姿だったんです。彼女は笠井麻美の顔を知らなかったわけですから、初対面の筈です。そんな相手に、ドアを開けて中に入れたというのが不思議なんですよ」

と、十津川はいった。

「同性なら、安心して中へ入れるんじゃないかね。或いは、笠井麻美がルーム係に変装していたのかも知れないでしょう？　鈴鹿でも、清掃のアルバイトに変装していたわけでしょう。十分に考えられますよ。ルーム係だといわれれば、安心して部屋に入れますよ。警戒もしない。違いますか？　結局、警察が彼女に狙われていることを教えなかったことが、全ての原因になっているんですよ。その反省が必要です。違いますか？」

「わかっています」

と、十津川はいった。

どうにか、記者会見が終わったとき、十津川も本部長も、すっかり疲れ切っていた。

「参ったねえ」

と、本部長が唸り声をあげた。

十津川は黙っていた。

「十津川君。元気を出したまえ」

と、本部長がいった。

十津川は苦笑して、

「大丈夫です。それより一刻も早く犯人を逮捕したいと思っています」

「逮捕する自信は、あるのかね？」

「あります。顔も、名前もわかっているので、逮捕できない筈がありません」

と、十津川はいった。

「新井修は、大阪で保護したんだったな？」

「今、亀井刑事たちが引き取りに行っています」

「とすると、笠井麻美が四人目を殺す可能性は、消えたわけだね？」

「まさか、護送中の新井修を狙うとは、考えられませんが」

「全くないと、いい切れるかね？」

急に不安になった様子で、本部長がきいた。

「九十パーセント、ありませんね。笠井麻美は、まだ、新井が保護されたことを知らない筈です。新聞にも発表していませんから。それに、今度は、武藤カオルの場合とは違います。もし、笠井麻美が、襲ったとしても、新井の傍らには、亀井刑事と西本刑事がついています。二人とも彼女の顔を知っていますから、見つけた瞬間に、逮捕する筈です。もう一つ、彼女は新井を罠にかけて殺人犯に仕立てあげました。半年前の長野での事件のことも明らかになって来ました。自分が手を下さなくても、新井は裁判にかけられ有罪になると、笠井麻美は考えていると思うのです。そうならば、彼女は新井を殺そうとは考えないでしょう」

と、十津川は、いった。

「しかし、あとの十パーセントは、可能性があるわけだろう？」

「ないとはいえません。今日中に、大阪府警が、新井修のことを発表してしまうことが考えられるからです。こちらで、それを止めることは出来ません。もう一つ、笠井麻美が気持ちを変えて、やはり新井も殺してしまおうと、考えた時です。新幹線で護送することは、誰にも想像がつきますし、大阪府警本部か、大阪駅を監視していれば、どの列車で、護送するかわかりますからね。しかし、彼女が襲う気になったとしても、今、いいましたようにカメさんたちがガードしていますから、大丈夫です。かえって笠井麻美を逮捕するチャンスになると信じています」

と、十津川は、自信を持っていった。

しかし、本部長は不安気に言葉を続けて、

「万が一ということがあるだろう。武藤カオルだって、大丈夫だと思っていた筈だ。それでも彼女は殺されてしまい、あんな記者会見をやらざるを得なくなった。新井修は、絶対に大丈夫とはいえないんじゃないかね。君も迎えに行ったらどうだ？」

と、いった。

「わかりました」

と、十津川はいった。

まず、大阪府警に電話をかけ、新井修の護送を明日に延ばしてもらうように頼んでおいてから、十津川は明朝早く、大阪へ行くことにした。

それまでの時間、十津川は事件のあったホテルの周辺のきき込みを続けた。

武藤カオルが殺されたのは、午後十一時から十二時の間である。

日下と清水の二人は、ロビーにいた。

笠井麻美が、ロビーを通ってエレベーターに乗ったのなら、彼女がいくら変装していても、二人の刑事が気付かぬ筈はない。

とすれば、犯人は非常階段を、利用したとしか考えられなかった。

これなら、犯人は二人の刑事に見とがめられずに上に行くことが出来る。

だが、非常階段へ通じる各階のドアは、内側からしか、開かないようになっている。

もちろん、武藤カオルの部屋のあった階のドアもである。

笠井麻美が非常階段をあがったとしても、ドアが開かなかった筈である。

現に、十津川が調べたところ、武藤カオルの部屋のある九階の非常扉は、内側からカンヌキが下ろされていた。

（となると、笠井麻美はどこから武藤カオルの部屋に入ったのだろうか？）

十津川は、考え込んでしまった。

屋上から、ロープを垂らし、それに伝わって、武藤カオルの部屋のベランダにおり、窓から侵入したのだろうか？

不可能とはいえないが、笠井麻美にそんなことが出来るとは思えなかった。

彼女が登山の趣味があったという事実はなかったし、屋上をいくら調べても、ロープのこすれた跡は見つからなかったからである。

何日か前から、あのホテルにルーム係として入り込み、武藤カオルを殺してから辞めていったという可能性も、十津川は考えてみた。

しかし、ホテルの支配人は、最近、新しく採用したルーム係はいないといった。

（わからないな）

と、十津川は首をひねった。

新井修は大阪で保護されている。とすれば、笠井麻美が狙うのは、武藤カオルだけの筈なのだ。

だが、いくら調べても、笠井麻美が武藤カオルを殺したという証拠は見つからない。

（今度の事件に、全く関係のない人間が武藤カオルを殺したのだろうか？）

たとえば、彼女のボーイフレンドだ。その一人が、ホテルに入って来て、彼女を殺したのではないのか？

十津川たちの全く知らない男がである。

それなら、納得がいく。前もって、あのホテルに泊まっていても、当日、ロビーを歩いて行っても、日下と清水の二人は警戒しなかった筈だからである。

（果たして、そうなのだろうか？）

5

その夜、大阪に行っている亀井から、電話が入った。

「笠井麻美の足取りは、摑《つか》めましたか？」

と、亀井がきいた。

「残念だが、まだ摑めないんだ。彼女が非常階段を使って、武藤カオルの部屋に入ったのは間違いないと、思ってはいるんだがねえ、証拠がない」

と、十津川は答えてから、

「君の方はどうだ？　新井に会ったかね？」

「それで警部に連絡したんです。実は、今日の午後三時に、女の声で大阪府警本部に電話があったんですよ」

「どんな電話だね？」

「新井を殺すといったんだそうです。列車の中でも、どこにいても殺してやるとです」

「笠井麻美かね？」

「だと思いますね。それで、新井が東京へ行くのは嫌だと、いい出しているんです」

と、亀井がいった。

「その女は、どこから電話して来たのか、わかったのかね？」

「いえ、短い電話だったので、場所はわかりません」

「列車の中にいても、どこでも殺すといったのかね？」

「そうです」

「新井が保護されたことは、そっちの新聞に出たのかね？」

「出ました。S新聞が、スクープの形で、記事にしてしまいましてね。それも、新井がつむじを曲げている理由の一つなんです」

「実名で出てしまったのかね？」

と、十津川はきいた。東京の新聞には、まだ、新井のことは出ていない。笠井麻美とのことがあるので、警察が発表をおさえていたからである。

「そうなんです。なぜか、実名で出てしまいました。北海道のホテルで、泊まり客の一人を殺した容疑者としてです。これは、道警から指名手配されているから仕方がないことかも知れませんが、大阪府警でも、どこから洩れたか、不審に思っています。最初、このことは新井には秘密にしておいたんですが、わかってしまいましてね。真っ赤になって怒っています」

「自分は、殺人犯じゃないというわけか？」

「そうなんです。新井にいわせると、自分は警察に協力するために、出頭して来たんだというわけですよ。北海道の事件にしても、笠井麻美にはめられたので、正当防衛だといっています。こんな扱いを受けたのでは協力できないし、東京行きも拒否すると、だだをこねています」

「明日早く、私も、そっちへ行くよ」

と、十津川はいった。

翌朝早く、十津川は、新幹線で大阪へ向かった。

武藤カオルを殺してしまったが、事件全体を考えれば、解決に近づいているのだろうか？

新井修は出頭してきて、大阪にいる。あとは、笠井麻美を逮捕すればいいだけである。

だが、別の面から見ると、新井は出頭して来たが、ごねているようだし、肝心の笠井麻美は、いぜんとして逮捕されず、行方もわからないから、壁にぶつかってしまっているようにも思えてしまうのだ。

新大阪には、亀井が迎えに来てくれていた。

一緒に大阪府警本部に向かいながら、亀井は、

「新井の要求は、どんどん、エスカレートして困っています」

と、いった。

「どんなことを、いってるんだ？」

「それは、直接新井にきいて下さい」

と、亀井はいう。

「カメさんがそういうところをみると、新井のわがままは相当なものらしいね」

十津川は、苦笑した。

6

府警本部に着くと、十津川はまず、協力へのお礼をいってから、取調室で新井に会った。

「声から想像していたのと、少し違っているね」

と、新井がいった。

「そうかね」

と、十津川は笑ってから、

「今日、君を東京へ連れて行きたいんだが」

「断る！」

と、新井は、大声を出した。

「なぜだね？」

「おれだって生命《いのち》が惜しいからだよ。岡田《おかだ》みたいに殺されるのは、嫌だからね」

「君はわれわれが、必ず守るよ」

と、十津川がいうと、新井は肩をすくめて、

「武藤カオルだって、守ってやるつもりだったんだろう？　それなのに、まんまと笠井麻美に殺されてしまったじゃないか」

「なぜ、知ってるんだね」

「こっちで新聞を見せてもらっているんでね」

「新聞かね」

「警察の対応が信用できないから、新聞を見せろと要求したんだ。おれを狙うという電話があったことも、内緒にしてやがった。こんなことで、信用できる筈がないだろうが」

　新井は、声を荒らげていった。

「君の要求は、いったいどんなことなんだね？　一つ、一つ、いってみたまえ」

「まず第一は、おれが出頭したのは、警察に協力するためだ、ということを認めて欲しい」

　と、新井はいった。

「他にも、あるのかね？」

「第一の要求が通らなければ、前には進めないんだ。新聞の中には、おれが函館のホテルの殺人事件の犯人として逮捕されたみたいに書いたのまである。こんなことでは、困るんだよ」

「そのことは、聞いた」

と、十津川はいった。

「それなら、何とかしてもらいたいね。あれは、おれが笠井麻美によって罠にはめられたので、完全に正当防衛だということを認めて欲しい」

「それは、道警本部が判断することで、私には権限はない。あくまで、向こうの事件だからね」

と、十津川はいった。が、新井は承知しなかった。

「それなら、すぐ、函館の警察に連絡して、おれが罠にはめられたこと、正当防衛だったことを、確認して欲しいね。それがなければ、おれは警察に協力は出来ないよ」

「とにかく、君の要求を全部いってみたまえ」

と、十津川は先を促した。

「この件については、善処してくれるんだろうね？」

新井は、念を押した。

「道警と協議することは、約束する」

と、十津川はいった。

「じゃあ、先に進もう。第二は、笠井麻美が逮捕されない中に、東京に行くのはごめんだ。死ぬのは、ごめんだからね」

「東京まで、新幹線で三時間だよ。大丈夫だよ」

「信用できないな。あんたたちには、前例があるんだよ。わかっているのかね？　女一人、守れなかったという前例だよ。おれに信用しろといっても、無理だね」

「どうしたら、東京へ行くんだ？」

「だから、今もいったじゃないか。笠井麻美を逮捕したら、安心して東京へ行くといってるんだ」

と、新井は繰り返した。

「笠井麻美が怖いのかね？」

十津川がからかい気味にきくと、新井は肩をすくめて、

「怖いものは怖いよ。あんたたちは狙われてないんだから、平気だろうがね。おれは何度も、狙われているんだ。列車の中では、殺人犯にされかけたし、函館では、ヤクザみたいな男に殺されかけたんだ。おれがあいつを殺していなければ、こっちが殺されていたよ。向こうは捨て身なんだ。怖いのは、当たり前じゃないか」

と、いった。

十津川は、じっと新井の顔を見つめていたが、

「笠井麻美に、なぜ、生命を狙われるのか、その理由はわかっているわけだな？」

と、きいた。

新井は、とんでもないという顔になって、

「全く、わからないね」

「半年前の長野での事件だよ。忘れたわけじゃないだろう？　君と、岡田がぐるになって、一人の男の車を崖下《がけした》に転落させ、死なせたんだ。あの事件は、覚えている筈だよ」

「あの事件は覚えているさ。事件じゃなくて、正確にいえば事故だよ。名前は忘れてしまったが、男の車が運転を誤って崖下に転落したのは、覚えている。すぐ、警察に連絡したんだが、助からなかった。それだけの事故だよ」

と、新井は、いった。

「君と岡田の二人で、転落させたんだろう？　違うのかね？」

「とんでもない！」

「しかし、笠井麻美は、君と岡田が恋人を殺したと考えて、復讐《ふくしゅう》をしているんだよ」

「だから、それは、彼女の勝手な思い込みなんだよ。自分がいない時に死んだもので、

いろいろと考えたいんだと思うが、事故なのに、殺されたみたいに思い込むのは、大変な迷惑なんだよ」

「しかし、君自身酔って、クラブのホステスに、相手が生意気だから崖下に落としてやったと、自慢していた筈だ。岡田と二人で協力してね。それはどうなんだね？」

十津川がきくと、新井は外国人のように、大きく肩をすくめて、

「そんな自慢話は、よくやるじゃないですか。それなんだ。本当におれが殺していれば、かえって、そんな話は、してないよ。そうだろう？」

「それは、どうだかね。自分の運転の上手《うま》さを自慢したかったのかも知れない。それに、直接手を下したわけじゃないから、たいした罪にならないと、甘く見ていたんじゃないのか。だが、殺人なんだよ」

「証拠もなしに、決めつけるんですか？」

「証言は、十分に集めたよ」

と、十津川はいった。

「そんな予断を持たれたんじゃあ、警察に協力は出来ないね。弁護士を呼んでもらう。いいかね。おれは、被害者なんだ。被害者として、証言するために、自分から出頭したんだ。それを、まず認めてくれないと、これからは、何も喋らないからね」

新井は、十津川を睨《にら》むようにしていった。

7

十津川は、そのあと、大阪府警本部の田原《たはら》という刑事に会った。

笠井麻美と思われる女からの電話を受けた刑事である。

「今から考えると、録音しておけばよかったと思うんですが」

と、三十二歳の刑事は、残念だという顔で十津川にいった。

「いきなり、新井を殺すといったんですか？」

と、十津川はきいた。

「いえ、私が出ると、そっちに新井修という男が、捕まっているだろうと、きかれました」

「それで？」

「新聞に、出ていますからね。そうだというと、列車の中でもどこでも、必ず殺してやるといわれましたよ。君は誰なんだときくと、その女は、新井がよく知ってる筈だといって、電話を切ってしまいました」

と、田原刑事はいった。

「口調は、どうでした？　怒ったような声でしたか？」

「興奮した感じでしたね。新井修に話したら、彼は青い顔になって、そいつは、笠井麻美という女で、おれを本気で殺したがっているんだと、いっていました。そのあと、東京には、絶対に行かないと、いい出したんです」

「どこからかけて来たか、わからなかったそうですね？」

「そうなんです。一一〇番なら電話は切れませんから、どこからかけたかわかるんですが、今回は全くわかりませんでした」

「しかし、東京からかけてはいませんね」

と、十津川はいった。

「新聞のことがあるからですか？」

「それもあります。東京の新聞には新井が捕まったことは出ませんでしたからね。それに、女は列車の中でも殺してやるといったわけでしょう。とすると、この大阪にいて、新井を列車で護送するのを見張っている可能性があるわけですよ」

と、十津川はいった。

そのあと、十津川は亀井や西本と、少し遅い昼食を近くの食堂でとった。

「どうしますか？　新井を東京に運びますか？」

亀井が食事をとりながら、十津川にきいた。

「この調子では、新井が大人しく東京には行かないだろう。途中で暴れられたら困る。それに笠井麻美のこともある。武藤カオルのことが、あるからねえ」

「新井をエサにして、笠井麻美をおびき寄せるわけにもいきませんね。前の武藤カオルのことがありますから」

「そうなんだ。これ以上、犠牲は出したくないよ」

と、十津川もいった。

「新井はいろいろと要望を出したでしょう？」

と、西本がきく。

十津川は、肯いて、

「半年前の長野の事件を単なる自動車事故だと認めること、それに、函館の事件は正当防衛と認めることの二つを、要求したよ。その要求が入れられれば、東京へ行ってもいいみたいないい方だったがね」

「その二つを認めたら、新井は単なる被害者になってしまうじゃありませんか」

西本が、腹立たしげにいった。

「そうだよ。また、それが新井の狙いだと思うね」

「同感です。新井が出頭してきたのは、笠井麻美に狙われる怖さと、半年前の事件は単なる事故だと、われわれに認めさせたかったからだと思いますね。あれが事故となってしまうと、あの男は犯人ではなく、被害者になってしまいます」

と、亀井は、眉をひそめていった。

十津川も、同感だった。

なぜか、狙われている新井よりも、狙っている笠井麻美の方に、同情してしまうのである。もちろん、だからといって、彼女に、新井を殺させるわけにはいかないのだが。

「函館の件は、道警の判断に委《まか》せるとして、われわれは長野県警とも協議して、新井修を、半年前の事件では殺人犯人として、起訴しなければいけないと思っているんだよ」

と、十津川はいった。

「奴が怖がっているんなら、認めないと、放り出すと、脅したらどうですかね？」

若い西本が、そんな過激なことを口にした。

第八章　新たな展開

1

東京の三上《みかみ》刑事部長から、十津川《とつがわ》に電話がかかってきた。

「新井《あらい》の様子は、どうだね？」

と、三上がきいた。

「わがままのいい放題で、参っています」

十津川は、正直にいった。

「どんな風にだね？」

「新宿で、武藤《むとう》カオルが殺されたのを知っているので、笠井麻美《かさいまみ》が逮捕されるまで、東京へ行くのを嫌だといっています。実際に、武藤カオルを守り切れなかったわけですから、こちらも、強制的に東京に連れて行くわけにはいかず、困っています。まして函館へ行くなど真っ平だと、いっていますね」

「半年前の長野の事件については、どうなのかね？」

「あれは、単なる事故だと、主張しています」

と、十津川がいうと、三上は、

「この件で、長野県警から電話があったんだよ。新井を殺人容疑で、起訴できるのかどうかをきいている。向こうの話では目撃者はいないようだから、心配するのも当然なんだ。その点、どうなんだ」

「あの事件に関係したのは、五人です。被害者と、加害者の新井たち四人です。その中《うち》、被害者を含めて四人が死んでしまって、新井しか残っていません。正直にいって、新井が否定すると、確かにあと三人、特に岡田《おかだ》と協力して殺人をやったことを証明するのは難しい気がします」

「それを長野県警も、心配しているんだよ。長野地検も今の状況では、起訴しても有罪に持っていくのは難しいといっているそうだ」

「そうかも知れません」

「証明することが出来ると、君は思っているのかね？」

「思っています。今度の一連の事件は、全て、半年前の事件が原因になっているわけですから」

と、十津川はいった。

「単なる確信では困るんだよ。長野県警でも困っている。向こうが単なる事故で処理していたものを、こちらがそれは殺人事件だといったわけだからね。その結論をつけるのはわれわれの責任なんだよ」

三上がいった。

「わかっています」

「わかっているだけでは、困るんだ。長野県警に至急、返事をしなければいけないからね。いつ頃、証拠を摑《つか》んで新井を起訴できそうかね？」

「武藤カオルでも、生きていてくれたら、彼女から証言がとれたと思うんですが――」

「彼女を死なせたことは、こうなってくると二重にまずかったわけだよ。そうだろう？」

三上は意地悪くきいた。

「そのとおりです」

と、十津川はいうより仕方がない。

三上は、更に追い打ちをかけるように、

「君たちは東京に引き揚げて、全て長野県警と、北海道警に委《まか》せたらどうなのかね？　半年前の事件は長野県警の所管だし、函館のホテルの事件は道警の所管だよ。われわれの捜査が、この二つの事件にとって、プラスになればいいが、今のままでは長野県警と北海道警から文句をいわれるだけじゃないのかね？」

「しかし、岡田孝男《たかお》と武藤カオルは、東京で殺されています」

「その殺人は新井ではなく、笠井麻美なんだろう？」

「はい」

「それなら、われわれは笠井麻美逮捕に全力をつくせばいいんで、新井がやった事件についてまで、あれこれ調べるのは、越権だと思うがね」

「しかし、部長。新井の事件と笠井麻美の行動とは結びついていて、分けることは不可能です」

と、十津川はいった。

「そんなことはわかっている。だが、それが証明できなければ、どうしようもないんだよ。明日になったら、君たちは東京に引き揚げて、あとは長野県警と道警に委せて、笠井麻美の逮捕に専念したまえ」

と、三上はいって、電話を切ってしまった。

2

十津川は、この男には珍しく、元気のない顔になってしまった。

「部長の発言は正しいよ」

と、十津川は亀井《かめい》にいった。

「新井の起こした事件は、道警と、長野県警に委せろというわけですか？」

「そうだ。確かに、警視庁の所管じゃないんだ」

「しかし、警部。もし、長野県警に委せれば、半年前の事件は、単なる事故で処理されてしまいますよ。もともと長野県警は、自動車事故だ、スピードの出し過ぎで、転落死したとして処理して来たわけですからね。これといった証拠がなければ、殺人事件にはしませんよ。それなら、新井の狙いどおりになってしまいます」

「恐らくね」

「函館の事件だって、新井は、正当防衛と主張するに決まっています。笠井麻美が罠《わな》にかけたことは、間違いありませんから、ここでも、新井の主張が通ってしまうんじゃありませんか」

亀井は、不服そうにいった。

「それも、カメさんのいうとおりだろうね」

と、十津川は肯《うなず》いた。

「笠井麻美は、確かに殺人犯ですが、彼女を殺人に走らせたのは、半年前の事件です。それについて、新井が全く罰せられないんじゃ、不公平ですよ」

「しかし、今日中に新井に自供させることは、不可能だよ」

と、十津川はいった。

「うまいことに、半年前の事件の関係者は、新井をのぞいて全員、死亡してしまっていますからね」

「古風ないい方をすれば、笠井麻美が新井を助けたようなものだね」

「そうなると、余計、笠井麻美を逮捕するのは、気が進みませんね。彼女が捕まってしまえば、新井にはもう怖いものなしですから」

と、亀井はいった。

「それにしても、笠井麻美は、今、どこにいるのかねえ」

十津川は、呟《つぶや》いた。

夜になって、今度は新宿署に置かれた捜査本部から電話がかかった。

電話は、捜査本部長からだった。

「ついさっき、女の声で、電話があったよ」

と、本部長は、十津川にいった。

「笠井麻美ですか？」

「それはわからないが、十津川警部に伝えてくれといったそうだ」

「どんなメッセージですか？」

「新井は人殺しだ。早く殺人罪で起訴するか、私に殺させろといったそうだよ」

「それだけですか？」

「電話を受けた者が、一刻も早く、出頭しなさいといったところ、出頭するくらいなら自殺するといって、電話を切ったということだ」

「出頭するくらいなら、自殺するですか？」

「そうだ」

「どこからかけてきたか、わかりましたか？」

「それがだね。大阪から東京に向かう新幹線の中からだと、わかったよ。しかし、逮捕は出来なかった」

「声の調子は、どうでした？」

「かなり、いらだっているようだと、いっているよ。無理もないだろうね。最後には新井を殺そうと思ったが、自分の手の届かないところに行ってしまったわけだからね」

と、本部長はいった。

「笠井麻美に、間違いないんですか？」

「わからん。その電話は録音されていないからね」

と、本部長はいった。

十津川は、その電話を切ると、何か事態が切端《せっぱ》つまって来ているような気がしてきた。

新井が怯《おび》えているのと同じように、笠井麻美はいらだっているのだ。

それが、当然かも知れない。彼女は、新井を刑務所へ送り込もうとして、罠にかけた。列車の中や、ホテルでである。

しかし、思惑どおりにいかなかった。そこで、まず他の二人を殺し、最後に新井を殺そうと考えている。

　しかし、新井はそれを知って、警察に出頭してしまった。いや、新井にいわせれば、警察に協力するために、出頭したのだ。

　笠井麻美がいらだつのも無理はない。警察から逃げながら、新井を殺したいのに、肝心の新井を、警察が守っているからである。

（このまま、時間がたっていくと、どうなるのだろうか？）

　新井は、ひたすら笠井麻美が逮捕されるのを待つだろう。自分の犯した罪については、否定しながらである。

　笠井麻美の方は、怒りといらだちから、極端な行動に出るかも知れない。

　一番いいのは出頭してくれることだが、出頭するくらいなら自殺するというのでは、その期待を持つことは、出来そうもない。

（と、すると――）

　十津川は、不安になって来た。

　彼は笠井麻美という女を、よく知っているわけではない。

　半年前、結婚を約束していた恋人が、自動車事故に見せかけて殺された。それも、遊び半分にである。

　その仇《かたき》を取ろうとして、すでに三人の男女を殺し、最後の新井を狙っている。知っているのは、それだけなのだ。

新井を殺せない口惜《くや》しさから、彼女が何をするか、十津川にも見当がつかない。

だが、大阪府警に電話して来て、列車の中でもどこでも新井を殺してやると宣言して、今度は十津川を名指していらだちをぶつけてきた。

「彼女は、何をやる気だろう？」

と、十津川は亀井の意見をきいた。

「わかりませんが、彼女にしてみれば、憎むべき新井をわれわれ警察が守っているような気がするでしょうね」

「だろうね」

と、十津川は肯いてから、

「だから、半年前の事件について、新井たちが殺したという証拠を摑《つか》んで、新井を起訴できれば一番いいんだがね。そうすれば、笠井麻美は満足して出頭してくる可能性がある。彼女は最初、新井を罠にかけて、殺人犯人に仕立てようとした。それが罠ではなく、本当の殺人容疑で起訴するんだからね」

と、いった。

「しかし、今の状況では無理ですね。それに、明日は、帰って来いというわけでしょう？」

「駄目になると、笠井麻美は何をするかな？」

「気になるのは、彼女が大阪に来ていて、今度、新幹線で東京に行ったらしいことです」

と、亀井がいう。

「大阪に来ていたのは、新井が新幹線で護送されるのを見張っていて、尾行し車内で殺すつもりだったんだろうね」

「そう思います。しかし、いくら待っても、その気配がないので、東京へ戻ったんだと思います」

「新井のいない東京に戻って、何をする気かということだが」

「警察に対して挑戦するにしても、新井の捕まっている大阪でやるのが、普通だと思いますがねえ」

と、亀井も首をかしげている。

十津川は腕時計を見た。もう午後十時を回っている。

「新幹線も飛行機も、もう、駄目だね」

十津川は舌打ちした。

「笠井麻美が東京で何かやると、お考えですか？」

「ああ、何かやるために東京に戻ったんだと、私は思うんだがね」

「しかし、何をですか？」

「そうなんだ、問題は、何かということだが――」

それが十津川にも、わからないのだし、わからないから、余計に不安になってくるのだ。

「明日、一番で東京へ戻るよ。カメさん」

と、十津川はいった。

しかし、翌朝早く、新大阪駅近くの旅館で眼をさますなり電話がかかった。

今度は捜査一課の本多《ほんだ》からだった。

「やられたよ」

と、本多はいきなりいった。

「何があったんですか？」

「うちの北条早苗《ほうじょうさなえ》刑事が誘拐された」

「まさか――」

と、思わず、十津川は絶句した。

「昨夜、彼女は、午後十時近くに、帰宅したんだが、自宅マンションの近くで、連れ去られたらしい」

「それは、間違いないんですか？」

十津川の声が大きくなって、同じ部屋に泊まっていた亀井も、起き上がって耳をすませている。

「ついさっき捜査一課に、電話があったよ。女の声で北条君を預かっているといった。北条君のマンションに電話したが、彼女は出ない。連れ去られたことは間違いないね」

と、本多はいう。

「相手は、笠井麻美ですか？」

「他に考えられないよ」

「それで、彼女の要求はどんなことなんですか？」

「君を出せというので、今大阪で、今日中に帰るといったら、また電話するといって切ってしまった」

「課長は、女の声を聞かれたんですか？」

「ああ、途中から、私が応対したからね。しかし、私は笠井麻美の声を、知らないんだよ。それに、相手は送話口にハンカチでもかぶせているんじゃないかな。そんな感じの声だったたね。だが、笠井麻美以外は、こんなことをする人間は、考えられんよ」

「とにかく、すぐ帰ります」

と、十津川はいった。

十津川は、亀井や西本《にしもと》刑事を連れ、あわただしく東京に戻ることにした。

午前六時〇〇分新大阪発の「ひかり280号」に乗った。

「北条君を誘拐した犯人の目的は、何でしょうか？」

と、車内で、西本刑事がきく。

「犯人が笠井麻美とすれば、目的は決まっているさ、新井修《おさむ》との交換だろう」

亀井がいった。

十津川も、同感だった。笠井麻美はいらだって、非常手段に訴えて来たのだ。

何かやると思い、不安だったのだが、捜査一課の婦人警官を誘拐するとは、十津川も考えていなかった。

（どうやら、こちらの考えが甘かったらしい）

と、十津川は思わざるを得なかった。

東京に戻ると、亀井と西本を、捜査本部のある新宿署に行かせ、十津川自身は警視庁に入った。

犯人が、捜査一課に電話してきたと、聞いたからである。

電話は昼過ぎになって、かかってきた。

3

電話の主は、くぐもった女の声だった。恐らく、送話口にハンカチでもかぶせているのだろう。

「こちらの要求をいうわ」

と、女はいきなりいった。

「その前に、君の名前をいいたまえ。笠井麻美なんだろう？　わかっているんだから、声をごまかすようなまねは、止《や》めなさい」

十津川がさとすようにいったが、相手は語調を変えずに、

「要求が入れられなければ、北条という婦人警官は殺します」

「彼女は無事なんだな？」

「眠っているわ」

「彼女の声を聞かせなさい。そのあとで君の要求を、聞こうじゃないか」

「駄目。要求の第一、新井を殺人罪で直ちに起訴すること」

「もっとゆっくり喋《しゃべ》ってくれないかね？」

「逆探知なんかを考えていると、北条早苗は死ぬわ」

「わかってる。逆探知はしないよ」

「要求の第二。半年前の長野での事件の真相を公表すること。第三、笠井麻美を捜さないこと。この三つの要求が入れられなければ、北条早苗を殺す。また、電話します」

「もし、もし！」

と、十津川は叫んだ。が、電話はもう切れてしまっていた。

十津川は、若い西本刑事を見て、

「逆探知は？」

「無理です。新宿周辺らしいまでは、わかりましたが」

と、西本がいった。

「北条君は無事ですか？」

日下《くさか》刑事が、心配そうにきいた。

「声を聞きたかったが、無事だと思うね。笠井麻美にすれば、北条君を殺したら、切り札を失うわけだからね」

と、十津川はいい、今の電話の内容を黒板に書きつけた。

三つの要求である。

西本はそれを眼で追いながら、

「どれも、実行できないものばかりですね」

と、溜《た》め息をついた。

「そうだよ。今の状況では、長野県警は新井を地検に送らないだろう。証拠も、証人もないんだからね」

「証拠がないので、今の段階ではマスコミに公表も出来ませんね。第三の要求はめちゃめちゃじゃありませんか。いくら動機に同情の余地があるといっても、殺人に眼をつぶるわけにはいきませんよ」

「そのとおりだよ、われわれの管轄下でも、彼女は新宿のホテルで、武藤カオルを殺しているからね。見つけ次第、逮捕せざるを得ないよ」

「要求はいつまでにということなんですか？」

「また、電話してくるといっていた」

「われわれが要求を蹴《け》れば、本当に北条君を殺すでしょうか？」

と、西本がきいた。

「わからんね。彼女は自分が正しいことをしていると確信していると思うのだ。殺された恋人の仇を討つというね。そうだとすると、北条君を殺すことはないような気がするんだがね。もし、北条君を殺せば、彼女の正義の御旗《みはた》が汚れてしまうだろうからね」

と、十津川はいった。自分でも、少しばかり、説得力が欠けるとはわかっていたが、である。

「しかし、彼女は追いつめられて、必死になっていますから、何をするかわからないと思いますが」

日下が、青ざめた顔でいった。

「北条君は、絶対に助けるさ」

と、十津川はいった。

亀井も、心配になったとみえて、捜査本部から警視庁にやって来た。

十津川は、亀井と一緒に、捜査一課長の本多に相談した。

だが、本多も当惑した顔で、

「どうしたらいいと思うね？」

と、逆に、十津川にきいた。

「北条君は、絶対に助けたいと思っています」

「それは、全員願っていることだよ。といって、向こうの要求は呑《の》めんだろう。第一、うちだけで、決められることでもない」

「芝居をしたら、どうですか？」

と、亀井が口を挟んだ。

「芝居？　笠井麻美の要求を受け入れる真似《まね》をするのかね？」

本多が、きいた。

「そうです。それには長野県警や、北海道警の協力が要りますが」

「しかし、次に電話のあった時、向こうの条件を呑むといっても、笠井麻美は、それが実行されるまで、信用しないと思うがね」

「だから、長野県警と道警にも芝居をしてもらいます。マスコミに発表してもらえば、笠井麻美も安心して北条君を返して寄越すんじゃないでしょうか？」

と、亀井はいう。

「マスコミにも話して、芝居をしてもらうのかね？」

「そうです」

「それは、駄目だよ」

と、本多がいった。

「芝居でも、駄目ですか？」

「当然、新井にも、協力させるわけだろう。そうなれば、新井も、足元を見すかして、要求を出してくるに決まっている。長野県の事件については、一応、マスコミには起訴と発表するが、実際には、シロであることを約束するといったことをだよ」

と、本多はいう。

そのとおりだろうと、十津川も思った。芝居をするには、警察だけでなく新井の協力も必要なのだ。

警察が、勝手に新井について有罪だとか、起訴とか、マスコミに発表すれば、あとで、必ず新井がそれを問題にするだろう。その時、譲歩せざるを得なくなってしまったのでは、どうしようもない。

「とにかく部長に相談して来ます。部長から長野県警や道警にも話を通してもらわなければならないことだからね」

と、本多はいった。

その間に、三度目の電話がかかってきた。

「要求は、さっきの三つ。今から、二十四時間以内に、実行して下さい。さもなければ、おたくの女刑事さんは殺します」

相手は、文章でも読むみたいに、いっきにいった。

「君。やれといわれても、簡単には出来ないことも、あるんだ」

「いいわけは聞きたくないわ。とにかく、二十四時間以内に、実行して下さい。女刑事さんを助けたければね」

「君には殺せないよ」

「そんなことはないわ。私はもう何人も、殺しているんです。豊島園でも、列車の中でも、新宿でも。もう一人殺すのも、平気だわ」

「いや、君は今まで、正義のためと考えて、人を殺してきた。だが、北条刑事は違う。彼女には何の恨みもない筈《はず》だ。そんな人間を殺せるのか？　君には、そんな意味のない殺人は出来ない筈だよ」

十津川は、相手を説得するように、いった。

相手が黙っているので、続けて、

「君の気持ちはよくわかる。嘘じゃない。君が、新井たちを憎む気持ちも、理解できるつもりだよ。今すぐ、新井を起訴は出来ないが、必ず、証拠を摑んで、刑務所に入れてやる。それは約束する。だから、北条君をすぐ、釈放しなさい」

「あと二十四時間、期待しているわ」

といって、相手は電話を切ってしまった。

十津川は、録音したそのテープを本多一課長の部屋に持って行き、一緒に聞いた。

「あと二十四時間か」

「そうです」

「すぐ、部長に話し、長野県警や道警とも、相談してみよう」

「お願いします」

「逆探知は？」

「渋谷の公衆電話とだけは、わかりました。しかし、もう姿を消しているでしょう」

と、十津川はいった。

「この電話のテープで、何かわかるのかね」

「それを検討してみます」

と、十津川はいった。

十津川は自分の部屋に戻ると、亀井たちとテープを繰り返して聞いた。

「公衆電話の割りに、街の音が入っていませんね」

と、西本がいう。

「公衆電話ボックスの中で、盛り場から少し離れた場所にいるんだと思うね」

と、十津川はいった。

「ちょっと、待って下さい」

亀井がテープの途中でいい、手を伸ばして止めた。

「何だい？」

「彼女が、笑い声をあげたような気がしたんです」

と、亀井がいった。

十津川は、少し手前まで戻し、もう一度、同じところを聞いてみた。

相手が黙っていて、十津川がいったん言葉を切ってから、また話を続けたところである。

確かに電話の向こうで笑い声を立てている。

抑えた笑い方だが、気をつけて聞くと、はっきりとわかった。

十津川が、「君の気持ちはよくわかる――」といって、説得しているところだった。

「笑ってるね」

と、十津川はいった。

「何て奴だ。こいつは」

若い西本が腹を立てた。

十津川は苦笑して、

「私のお説教が、滑稽《こっけい》に聞こえたんだろう。仕方がないよ。相手は人を殺した人間なんだ。通りいっぺんのお説教が、おかしくても無理はない」

「しかし、笑うというのは、やはり変ですよ」

と、亀井がいった。

「変というと?」

「笠井麻美は、追いつめられて必死になっているわけでしょう。新井を殺したいのだが、彼は手の届かないところにいて、その上、殺人罪で起訴される気配がない。そこで、うちの北条君を誘拐して、警察に圧力をかけた。必死なわけです。そんな時に、警部がお説教したからといって、笑う気分になれるとは思えませんね」

「しかし、このテープでは、明らかに笑っているよ。それに、発見したのは、君だよ」

「だから、余計変だという気がするんですが」

と、亀井はいった。

十津川は、腕時計に眼をやった。現在午後九時である。

「一時間たったよ」

と、十津川はいった。

あと、二十三時間しかない。

十津川は、笠井麻美が北条早苗を殺すとは、思えなかった。

彼女は、殺人犯だが、心の優しさを持っているに違いないと、思っているからである。

だからこそ、恋人の死に黙っていられないだろうとも思うのだ。

しかし、それはあくまでも十津川の希望的観測でしかない。亀井もいうとおり、笠井麻美は必死なのだ。十津川の希望どおりに、行動するとは、限らない。

「長野県警や、道警との交渉は、上の方に委せて、われわれは北条刑事と、笠井麻美を捜すことに、全力をあげよう」

と、十津川は、亀井たちにいった。

二回の電話は、新宿と渋谷から、かかって来ている。どちらも、公衆電話である。

しかし、笠井麻美がこの近くにいるとは思えなかった。

人質の北条刑事を隠す必要があるからである。

「薬で眠らせておくとして、どんなところに人質を隠しておくだろう？」

と、十津川は、亀井にきいた。

「まず考えられるのは、空き家ですが、都心だと、たとえ空き家があっても、隣近所に声が聞こえますからね」

「しかし、郊外とも思えません」

と、日下刑事がいった。

「なぜだ？」

「もし、郊外だったら、わざわざ新宿、渋谷までやって来て電話をかけるのは、おかしいですよ。郊外にだって、公衆電話はいくらでもありますからね」

「場所を知られたくなくて、わざわざ都心まで出かけて、電話したのかも知れんじゃないか？」

「しかし、彼女の顔は、新聞に出たことがあります。人の大勢いるところへ、わざわざ行くとも思えません」

「つまり、最初から、都心部にいるというわけかね？」

「そうです」

「しかし、人質を隠しておく場所は？」

「それで、考えたんですが、最近、地上げで古いマンションなどは入居者が追い出されて、空き部屋になっています。そんな建てかえ前の、無人のマンションなら、人質を隠しておくのに最適と思います。たった二十四時間ですから」

「よし。まず、都心のそうしたマンションや、ビルから、探して行こう。もし、いなければ、次は郊外だ」

と、十津川はいった。

各地区の派出所の警官の力も借りることにした。それらしいビルがないか、きくためである。

十津川と亀井がコンビを組み、他の刑事たちも二人一組で都内に散って行った。

十津川と亀井は、新宿周辺を受け持った。

午後九時四十分。まだこれから賑《にぎ》やかになるところである。

歌舞伎《かぶき》町に行くと、いたるところに雑居ビルが建っている。

近くの派出所の警官の話では、最近、権利金や、保証金、それに、部屋代などが高くなったので、クラブやスナックが、開店してもすぐ潰れてしまうという。

「空いている部屋が、多くなっていますよ」

と、その警官はいった。

なるほど、どの雑居ビルでも、一部屋か二部屋、ネオンが消えている。

十津川と亀井は、そうした空き部屋を一つ一つ調べていった。

たいていは、錠がおりているが、中には、その錠がこわされている地下の部屋などもあった。

なかなか笠井麻美も、北条刑事も見つからなかった。

他の刑事たちとも連絡をとってみたが、収穫はないという。

十一時、十二時と時間がすぎ、午前一時を廻った。

新宿周辺のビルを捜し終わり、十津川と亀井は覆面パトカーで、次の渋谷に向かうことになった。

渋谷駅前に着いたとき、車の無線電話がかかった。

十津川が受話器を取ると、本多一課長の声が飛び込んできた。

「北条君が、見つかったぞ！」

「無事なんですか？」

「無事だ」

と、本多がいった。

4

北条早苗は、代々木八幡《よよぎはちまん》にある病院に収容されていた。

十津川と亀井が、パトカーで駈けつけた。本多一課長が先に来ていた。

彼女はベッドに横になっていたが、意外に元気な感じだった。

十津川の顔を見ると、

「申しわけありません。ご心配をかけまして」

「そんなことはいいさ。どこにいたんだね」

「この近くのマンションです。地上げされて、取りこわすことになっているマンションで、無人でした」

「よく、逃げられたね」

「ずっと手錠をかけられ、目かくしをされていたんですけど、今夜は犯人がドアの錠をかけ忘れて出ていったんです。それで、何とか逃げられました」

「そのマンションは？」

と、亀井がきくと、本多が、

「すぐ調べさせたが、犯人は逃げたあとだった。戻って来て、人質の北条君がいない、ので、あわてて逃げたんだと思うね。今、鑑識がその部屋を調べているよ。笠井麻美の指紋が検出されるかも知れんよ」

といった。

「家に帰る途中で、やられたんだね?」

と、十津川は早苗にきいた。

「はい。いきなりうしろから頭を殴られて、気がついた時は手錠をかけられ、目かくしをされていました」

と、早苗がいう。

「手錠がきつかったとみえて、北条君の両手首から血が滲《にじ》んでいたよ」

と、本多がいった。

十津川が見ると、彼女は両手首に包帯を巻かれていた。

「君を気絶させて、そのマンションに連れて行ったのは、笠井麻美に間違いないかね?」

「わかりません。ずっと目かくしをされていましたし、彼女、ほとんど喋りませんでしたから」

と、早苗はいう。

「しかし、相手が女だということは、わかったんだね？」

「はい。香水の香りはしましたし、パンと牛乳を食べさせてくれましたが、その時は女の声でしたから」

「食事の時も、目かくしはしたままかね？」

「はい」

「君を監禁しておいて、出かけたと思うんだが」

「三回ほど、出て行きました。最初の時は、手錠をかけた上、両足も厳重に縛られて身動きできませんでしたけど、三度目の時は油断したのか手錠だけで、その上、今いましたように、ドアの施錠を忘れて行ったので、何とか逃げられました」

「二度目の時だが、帰って来てから君に何かいったのかね？」

「黙っていましたが、いらいらしているらしく、何かものを壁に向かってぶつけていましたわ」

と、早苗はいった。

十津川と亀井は、彼女が監禁されていたというマンションを見に行った。

五階建ての中古マンションである。

電気もすでに止めてあるとみえて、真っ暗だった。

五階の一部屋だけ明るかった。足元を確かめるようにしてあがって行くと、鑑識が投光器を使って、まだ、室内を調べていた。

2DKの部屋だった。

がらんとした室内は、壁がところどころ剝《は》げ落ち、襖《ふすま》もなくなっている。

「犯人の指紋がとれそうですよ」

と、鑑識の一人が十津川にいった。

「ドアのノブなんかに、ついていたのかね？」

「いや、犯人は手袋をしていたとみえて、指紋は北条刑事のものだけです」

「じゃあ、どこに犯人の指紋があったんだ？」

と、十津川がきくと、相手はニヤッとして、

「あそこにある缶ビールの空き缶ですよ」

と、いった。

部屋の隅に、缶ビールの空き缶が五本と、牛乳パックの空の箱が四つ、転がっていた。

「北条刑事は牛乳は飲まされたが、ビールは飲んでいません。ということは、飲んだ

のは犯人ということになります。犯人は、部屋の出入りには慎重に手袋をはめていたようですが、ビールを飲む時は油断して、手袋を外していたんだと思いますよ」

と、鑑識課員がいった。

翌日、十津川はそのマンションの周辺でき込みをやった。

その結果、無人と思われていたマンションの近くに、白い車がとまっていたことがわかった。

どうやら、白のカローラらしかった。

「笠井麻美が使っていた車だと思いますね」

と、亀井がいった。

「新宿や渋谷に、警察への電話をかけに行った時に使った車ということかね？」

十津川がきいた。

「そうです。恐らく、盗んだ車でしょう」

「そして、今、その車で逃げているのかな」

「そう思います。北条刑事がいなくなったのを知って、あわてて車で逃げたんでしょう」

「最近、白いカローラの盗難があったかどうか、調べてみよう」

と、十津川はいった。

ここ四、五日の間に、東京都内で、七台の車の盗難届が出ていた。白いカローラの盗難車も、その中の一台だった。車のナンバーもわかった。

どうやら、笠井麻美はその車を使っていたと思われる。

しかし、その車も笠井麻美も、なかなか見つからなかった。

5

問題のマンションで見つかった缶ビールの空き缶から検出された指紋は、笠井麻美のものと一致した。

彼女の住んでいたマンションの部屋から採取したものと一致した以上、北条刑事を誘拐した犯人は、笠井麻美と断定せざるを得なかった。

新井修はいぜんとして大阪府警本部から動こうとしなかった。

笠井麻美が逮捕されるまでは、不安だから東京にも北海道にも行く気はないと主張していたし、半年前の事件については、無実、函館の事件は正当防衛を認めろといって、譲らないのである。

「東京で笠井麻美が婦人警官を人質にとって、そんな脅迫をしたとなると、新井の身柄を簡単に東京や北海道へ動かせません」

と、大阪府警の方も、警視庁にいって来た。

移送中に、万一のことがあったら、困るということなのだろう。

新井の弁護士も、強くそれを主張しているという。

「そうなると、一日も早く笠井麻美を逮捕するより仕方がないね」

と、本多一課長が十津川にいった。

「そのつもりで、全力をあげているんですが」

「あのお化けマンションを出てからの足取りは、まだつかめずかね？」

「車の手配もしましたが、見つかりません」

「車はすでに乗り捨ててしまっているだろう？　盗難車なら、すぐ、手配されるのはわかっているだろうからね」

と、本多はいう。

「それならそれで、どこかで車が見つかる筈なんですが」

「海にでも、沈めたかな？」

「それも考えられないんです。犯人は笠井麻美とわかっているんですから、今更、車を隠しても仕方がありませんから」

と、十津川はいった。

だが、いくら捜査の輪を広げても、問題の車は見つからなかった。

本多のいうように、見つからないように、犯人が車を処分したとしか考えられなくなってきた。

「どうも、犯人の行動が不可解だよ」

と、十津川は亀井にいった。

「車を隠すことがですか？」

「ああ、車を隠すことが、果たして必要だろうか？」

「そうですね、笠井麻美は、すでに三人の男女を殺しています。そこへ、車の窃盗の罪が加わったところで、別にどうということはありませんからね」

「それもあるが、盗んだ車に死体が隠してあるわけでもないだろうしね。私が犯人なら、北条刑事が逃げたとわかった瞬間、車なんか放り出して身を隠すがね。あの車はあの時点で盗んでから三日も使っているんだ。当然、手配されていると、考えなければならない。その車を、いぜんとして乗り廻すというのは、捕まえてくれといわんばかりだからね。笠井麻美は、頭の悪い女じゃない。それがなぜ、車にこだわっているのかわからないんだ」

「一つだけ考えられる理由がありますが」

と、亀井がいった。

「どんな理由だね？」

「彼女が死を覚悟していたらと、いうことです」

「死をね？」

「彼女は北条刑事を人質にとって、最後のバクチを打ったんじゃないでしょうか？ 新井を警察に対してです。北条刑事に逃げられたことで、それも失敗してしまった。新井を殺したいが、大阪府警本部にいて、それも出来ない。復讐《ふくしゅう》して、彼女は自殺を決意しているのかも知れません。そうなれば、車を手配されていても、怖くはないんじゃありませんか？」

「自殺か」

十津川の顔が、ゆがんだ。その恐れもあるのだ。

「彼女が自殺を決意したとすると、場所はどこにすると思うね？」

と、十津川は亀井にきいた。

「一つだけ考えられるとすると、恐らく恋人が死んだ場所じゃないかと思いますが」

「長野県か？」

「そうです」

「あり得るね」

十津川はすぐ、長野県警に電話をかけて、半年前に事故のあった地点を調べてくれるように頼んだ。

その返事があったのは、三時間余りあとだった。

「見つけました！」

と、相手は興奮した調子でいった。

「谷底に車が転落していまして、車内で若い女が死んでいました。笠井麻美と思われます。車も人間も、ひどく損傷しています。車は白のカローラで、そちらのいった盗難車です」

「半年前の事故と同じ場所ですか？」

「いえ、五百メートルほど、離れた地点です。谷の深い場所で、なかなか見つかりにくい場所です。そちらからいわれなければ、あと四、五日は見つからなかったと思いますね」

「遺書はありませんでしたか？」

と、十津川はいった。

「見当たりません」

と、相手がいった。

6

十津川と亀井は翌日、長野へ飛んだ。

長野県警本部で、谷底から引き揚げられた車を見た。

それは原形をとどめていないほど、くしゃくしゃに潰れていた。窓ガラスは全て粉々に割れて、車輪は二つが外れてしまっている。

「遺体は今、大学病院で解剖してもらっています」

と、県警の刑事が十津川にいった。

「遺体の損傷も、ひどかったようですね？」

十津川がきいた。

「ええ。何しろ、この車の中にいたわけですから」

「現場に案内して頂けませんか」

と、十津川は頼んだ。

県警のパトカーで、連れて行ってもらった。

なるほど、眼のくらむ深さの谷だった。道路のガードレールが、ひん曲がっている。

「一週間前に、トラックがここから落ちましてね。その時にガードレールがそんなになってしまったんです。それで、また、車が落ちているとは思わず、見過ごしていたんです」

と、県警の刑事はいくらかいいわけめいたいい方をした。

「確かに、半年前の場所とは離れているようですね」

十津川は周囲を見廻しながら、いった。

「そうです。それは五百メートルほど手前で起きていますから」

「今度の場合も、目撃者はありませんか？」

「残念ながら、まだ見つかっていません。夜中にでも起きたとすれば、いなくても不思議はないんです。東京のように、交通量の多い場所じゃありませんから」

と、相手はいった。

十津川と亀井は礼をいい、しばらくここにいたいと、県警の刑事には先に帰ってもらった。

「カメさんの予想が、当たってしまったね」

　と、十津川は亀井にいった。

「こういう予想は、当たって欲しくありません。笠井麻美にききたいことが、いくらでもありましたから」

　と、亀井は小さく溜め息をついた。

「私もさ」

　と、十津川は肯いてから、

「これで、どうなるのかな？」

「と、いいますと？」

「新井修のことさ」

「彼はほっとするんじゃありませんか。もう、彼を執拗《しつよう》に狙う人間はいないわけですから」

　と、亀井はいった。

　車が一台、二台と通り過ぎて行く。なるほど、昼間でもその数は多くない。

「新井はこのままだと、無罪放免になってしまうかも知れんな」

　と、十津川がいった。

「しかし、半年前の事件もありますし、函館では、一人殺しています」

「半年前の事件にしろ、証人は全部死んでしまっているんだよ。最後に一人、武藤カオルが残っていたが、彼女も新宿のホテルで殺されてしまった。とすると、長野県警だって、半年前の事件で新井を逮捕しないだろう。起訴しても、公判は維持できないということでね」

「函館の殺人はどうですか？　間違いなく、新井が殺していますよ」

「そうだが、新井は正当防衛を主張している。笠井麻美が生きていれば半年前の事件のことから、なぜ新井を罠にはめようとしたかを、証言するだろうが、彼女も死んでしまった。新井が勝手にいえるわけだよ。殺人のとき、部屋にいたのは被害者と新井と笠井麻美の三人だけなんだからね」

「すると、何もかも新井の都合のいいようになったということになるんですか？」

と、亀井がきいた。

「そのとおりなのさ。だから、どうもすっきりしないんだよ」

と、十津川は眉をひそめていった。

第九章　最後の法廷

1

新宿署に置かれた捜査本部は、重苦しい空気に包まれていた。

笠井麻美《かさいまみ》が、死んでしまったことで、新宿西口のホテルでの殺人事件は、自動的に解決してしまい、捜査本部は解散することになったからである。

もちろん、武藤《むとう》カオルを殺した犯人は笠井麻美だから、彼女が死亡してしまえば、事件は解決であった。

しかし、十津川《とつがわ》は笠井麻美を逮捕し、同時に新井修《あらいおさむ》も半年前の事件の犯人として逮捕したかったのである。それが駄目になってしまった。

案の定、長野県警は、早々と半年前の事件で新井を逮捕しないと、十津川の方に、通告して来た。

つまり半年前、事故として解決しているので、改めて捜査をしないというわけである。

道警の方も、元気がなかった。

さすがに函館のホテルでの殺人で、新井を逮捕する方針は変わらないといいながらも、今のままでは、正当防衛で押し切られてしまうという不安を持っているようだった。

「検事と話してみたんですが、笠井麻美が、新井を罠《わな》にかけようとしたことが、はっきりしている以上、勝ち目はないといっているんです」

と、道警の方でいっているのだ。最初から負けを覚悟しているのである。

新井の弁護士は、そうした周囲の空気を面会の度に知らせているらしく、大阪府警からの連絡によると、新井は自信満々の態度だという。

「早く函館へ行って、向こうの事件の裁判を受けたいといっていますよ。函館のホテルの殺人を認めたのも、執行猶予になると踏んでいるんです」

と、府警本部の刑事は電話でいった。

それが十津川には、腹が立って仕方がないのだ。

「これでいいのかね」

と、十津川は亀井《かめい》と顔を見合わせて、舌打ちをした。

「いい筈《はず》がありませんよ」

と、亀井もいう。

今度の事件で、五人の男女が死んでいる。

全てが半年前に起きた事件で、恋人を死なせてしまった笠井麻美の復讐《ふくしゅう》だった。

だが、一番悪い人間は彼女でなく、原因を作った新井修だと、十津川は思っている。

その新井が、執行猶予で釈放されてしまうのか？

しかし、いくら東京にいて怒ってみても、新井をどうすることも出来ない。頼みの長野県警が、新井を逮捕しないことにしてしまったからである。

道警では、刑事二人が大阪府警へ新井の引き取りに行った。

今度は新井は彼等と一緒に、函館へ行き、正式に起訴された。

そうした経過を、十津川はまるで儀式でも見るように見守っていた。結末のわかっている儀式である。

「何とかしたいね」

と、十津川はいった。

だが、どうしたらいいのか？　新宿署の捜査本部は解散してしまっているのだし、北海道で行われる裁判に、十津川たちが影響を与えることは、出来る筈がない。

それでも、十津川は一人で新井の裁判を傍聴しに行った。

函館地裁で開かれた裁判には、事件がマスコミで報道されたせいか、多くの傍聴人が集まっていた。

十津川は、その傍聴人と一緒に、第一回公判を傍聴した。

被告席の新井は血色もよく、自信満々に見えた。

検事が函館のホテルでの殺人について冒頭陳述している間も、新井は弁護士と小声で何か話し、時々、笑っている。

そして、裁判長から声をかけられると、新井は素直に、争って相手を殺してしまったことを認めた。

十津川はよどみなく進行している裁判を見ながら、傍聴席に一人、気になる女がいるのを見つけた。

二十五、六歳の女である。

彼女はじっと新井を見つめ、視線が合うと、彼に向かってニッコリと笑いかけたからである。

2

十津川は、函館市のホテルに帰ると、すぐ、東京の亀井に電話をかけた。

「すぐ、調べてもらいたい女がいるんだ。年齢は二十五、六歳。大柄な女でね。泊まっているホテルで調べたところでは、東京・世田谷の『あおいコーポ六〇七』に住む角谷《かどや》ひろみになっている」

「どういう女ですか？」

「新井修の恋人じゃないかと思うんだが、問題は、いつ頃からつき合っているのか、それと、どの程度の関係かということだ。それを調べて欲しい」

「何か、考えておられるんですか？」

「いや、何も。せめてもの抵抗だよ」

といって、十津川は笑った。

翌日、十津川が東京に帰ると、亀井が彼を羽田に迎えて、

「かなり、わかりましたよ」

と、いった。

「何をしている女なんだ？」

と、空港から警視庁へ帰る車の中で、十津川がきく。

「現在は若者向きのブティックをやっていますが、以前は女子プロレスにいたことがあります」

「それで、身体が大きいのか」

「一八〇センチ近くあるそうです」

「新井とは、いつからのつき合いなんだ？」

「彼女は二十三歳でプロレスをやめたんですが、その頃からで、ブティックをやりたがっていた彼女に、金を出してやったのも、新井だという噂《うわさ》です」

「そんな昔からの関係か」

「新井は、女子プロレスのファンだったという話もあるんです」

と、亀井はいってから、

「警部は何を考えておられるんですか？」

「昨日、君に電話した時は何かないかという気持ちだけだったんだが、あのあと、新井にもう一人、女がいたらと考えてみたんだよ。それも、信頼できる女がいたらだ」

と、十津川はいった。

「事件は少しは、変わってきますか？」

「大筋は、変わらんさ。笠井麻美の復讐というストーリイはね。だが、北条《ほうじよう》君を誘拐したのが果たして笠井麻美だったかどうか、疑問になってきた」

「しかし、缶ビールの空き缶に笠井麻美の指紋がついていましたが」

「わかっている。しかし、おかしい点がいくつかあるんだ。犯人は北条刑事を人質にとって、新井を半年前の事件で、有罪にしろと、脅迫してきた。そんな要求をする人間は、笠井麻美しかいないんだよ」

「そうです」

「それなのに、犯人は電話の送話口にハンカチをかぶせて、声をわからないようにしたり、北条君を監禁していた部屋に指紋を残さないように、努めたりしている。北条君にも、決して顔を見せなかった。なぜ、そんなことをしたんだろう？　誰が考えても、犯人は笠井麻美とわかるのにだよ」

と、十津川がきく。

考えていた亀井の顔があかくなった。

「それはつまり、犯人が笠井麻美じゃなかったから――」

「そのとおりさ」

と、十津川はいった。

「しかし、なぜ、そんなことを、誰がしたんでしょうか？」

「問題は、そこだよ。なぜ、誰かが笠井麻美になりすまして、北条君を誘拐したかという、その理由だよ」

「わかりませんね。笠井麻美が、人質にとったのなら、その行為は意味がありますが、ニセモノが、そんなことをしても意味がないですよ」

「いや、あるんだ。あるからこそ、やったんだよ」

と、十津川は強い声でいってから、

「もう一つ、おかしいのは、北条君が簡単に逃げられたことだよ」

「それは犯人が、監禁した部屋のカギをかけ忘れて出かけたからですが」

「声を変えたり、指紋を残さないように心掛けたり、北条君をずっと見張ったりしていた用心深い犯人が、なぜ、ドアのカギをかけ忘れたりするのか？　おかしいとは、思わないか？」

「わざと、北条君を逃がしたということですか？」

「そう考えないと、おかしくなるんだよ」

と、十津川がいった。

亀井は首をかしげて、

「しかし、そんなことをする必要が、誰にあるんでしょうか？」

と、きいた。

「それは、北条君が逃げてから、何があったかを思い出してみれば、わかるんじゃないかな」

「最後の切り札を失った笠井麻美が絶望して、長野まで車を走らせ恋人の死んだ場所で、自分も自殺していますね」

「つまり、そのようにしたかったんだよ。犯人はね」

と、十津川はいった。

3

「笠井麻美が絶望して自殺するようにですか？」

「そのとおりさ。北条君を誘拐した女が、笠井麻美ではないとする。彼女は笠井麻美になりすまし、北条君を襲い、監禁した。いかにも笠井麻美らしく、われわれを脅迫して、新井を断罪しろと要求した」

「犯人が笠井麻美でないとすると、その時、彼女は、どこにいたんですか？」

「彼女も、どこかに監禁されていたんだと思う。そうじゃないと、彼女が警察に電話したりして、ニセモノとばれる心配があるからだよ」

「そして、自殺と見せかけて、笠井麻美を殺したというわけですか？」

「ああ、そうだ。しかし、いきなりそんな真似《まね》は出来ない。まだ、新井が残っていて、復讐が完了していないのに、笠井麻美が自殺するのは、不自然だからね」

「ということは、全て笠井麻美の自殺を信じさせるためにやったことだと、いうわけですか？」

「北条君を誘拐してからのことはね。犯人はまず、笠井麻美を監禁した。それから、北条君を誘拐し、あたかも笠井麻美がそんな真似をしたように振る舞った。われわれも、まんまと、騙《だま》された。その後、わざと北条君を逃がす。逃げたのを確認してから、笠井麻美の触った缶ビールの空き缶を転がしておき、彼女を車に乗せて長野に向かった。そして、そのまま深い谷底に転落させて、彼女を殺したんだよ。絶望の末、恋人の死んだ場所で自殺したように見せかけるためだよ。ただ、半年前の現場では、ひょっとして、笠井麻美が助かるかも知れないと、犯人は思ったんだろうね。近くのもっと深い谷底に転落させた。もし、笠井麻美が自殺したのなら、全く同じ場所で車を突っ込ませただろうね」

「なるほど、そうかも知れませんね」

「だから、笠井麻美は自殺に見せかけて、殺されたんだと、私は考えるんだ」

と、十津川はいった。

亀井は、眼を輝かせている。だが、まだ、わからないことがあるという顔で、

「しかし、そんなことをやったのは、誰だとお考えですか？」

「多分、新井が女にやらせたんだ。今度見つかった角谷ひろみだろうね」

「しかし、動機がわかりませんよ」

と、亀井がいった。

「動機？」

「そうです。笠井麻美は恋人の仇《かたき》を討つためとはいえ、実際に何人も殺しています。岡田孝男《おかだたかお》、浜野《はまの》みどり、武藤カオルの三人は間違いなく殺しているわけです。逮捕されれば、死刑は間違いないんじゃありませんか。それなら、別に、自殺に見せかけて殺す必要はなかったと思いますね。新井の立場から見てです。半年前の事件にしても、笠井麻美は実際には目撃していないわけですから、新井にとっては、怖くなかったと思いますよ。つまり、新井にとって、笠井麻美は別に、殺す必要はなかったと思うん

です」

と、亀井がいった。

「だが、あったんだよ」

「どういうことですか？」

「笠井麻美が生きていると、困ることがあったということになるんだよ」

と、十津川はいった。

亀井は、それでも首をかしげて、

「新井がですか？　それはなかったんじゃないかと思いますが？」

「一見、ないように見えるけど、あったんだよ。それは、こういうことだと思うんだ。笠井麻美がやったと思われている三つの殺人事件の中《うち》、一つは彼女が犯人ではないというケースだよ。岡田孝男でも、浜野みどりでも、武藤カオルでもいい。その中の一人は、殺したのが笠井麻美ではないんだよ」

「笠井麻美ではなく、新井修が犯人ということですか？」

「そうだ。もし、そうだとすると、笠井麻美が生きて警察に捕まるのは、困るんだよ。彼女が三つの事件の一つについて、あれは私が犯人じゃない。ちゃんと、アリバイがあるといわれたら、疑いは自然に新井にかかってくるからね。今度の事件で新井は、正当防衛で平田を、函館のホテルで殺した以外は、誰も殺していないことになっているんだからね」

「三つの事件の一つが、新井が犯人だとすると、どの事件でしょうか？」

と、亀井がきいた。

「一つ一つ考えてみよう。岡田孝男は動機は十分だ。共同経営者の岡田が死ねば、店の実権は全て、新井のものになるからね。しかし、豊島園で岡田と一緒にいたと思われる女は、係員の証言だと、どうしても笠井麻美だ」

「と、すると、浜野みどりも違いますね。あの列車内の殺人のとき、新井は初めて笠井麻美に出会って、罠にかけられたわけです。それを考えると、犯人はどう見ても、笠井麻美になります」

「それは、同感だ。残るのは、武藤カオルになる」

「新宿のホテルで殺された武藤カオルですね。あれは笠井麻美に殺されるのを、われわれがガードしていたわけですが」

「そうだ」

「あの時、新井にはアリバイがあったんじゃありませんか？　彼は犯行時刻に大阪にいたんじゃなかったですか？」

と、亀井がいった。

「いや、正確にいえば、大阪から警察に電話して来たんだ。ただし、電話してから、新幹線で東京にやって来て、新宿で武藤カオルを殺し、車で深夜に、大阪に向かう。朝までに大阪に戻ることは、十分に可能だったんだよ」

「動機は武藤カオルを殺せば、半年前の事故の証人が、一人もいなくなるから、新井に有利になるということですね?」

「そうだ。それに、武藤カオルは新井をよく知っていたから、彼に対しては部屋のドアを、自分から開けたことは、十分に考えられるんだ」

と、十津川はいった。

4

十津川は、武藤カオルが殺された、十一月四日のことを、考えてみた。

新宿のホテルに泊まったカオルは、同室の仲間が、自宅に帰って、独りになっていた。

午後七時にどこかへ電話したが、ロビーでかけたので、相手はわからない。

午後八時、新井修が大阪市内の公衆電話から、警察に電話してきた。

午後十一時から十二時。新宿のホテルで、武藤カオルが何者かに殺された。

新井が、犯人だとしてみよう。

午後八時に大阪にいた新井は、警察に電話するとすぐに、新幹線に飛び乗ったに違いない。

二〇時二〇分新大阪発の「ひかり30号」に乗れば、二三時一六分に東京に着く。

十一時十六分である。

東京から新宿まで、中央線なら二十分で着くだろう。

十二時までに、武藤カオルの泊まっているホテルに入り、殺すことは、十分に可能なのだ。

この時間は、もう新幹線はない。

従って、新井は帰りは車を使ったに違いない。

新幹線のように、スピードは出せないが、六時間から七時間かければ、大阪に着けるだろう。

十二時に東京を発《た》てば、午前七時には大阪に戻っていられるのである。

この推理が、正しいことを証明するためには、目撃者を見つけ出さなければならない。

十津川は二つの場所で目撃者を探すことにした。

第一は新幹線である。二〇時二〇分の「ひかり30号」の次は、二〇時三七分発の「ひかり142号」だが、この列車だと東京着が二三時四六分になって、時間的に苦しくなる。

従って、新井が十一月四日に乗ったのは、「ひかり30号」に違いないと、十津川は断定した。

この列車に、当日、乗務していた車掌に新井修の写真を見せて、車内で見なかったかどうかを、きくことである。

第二は、新宿からの帰りである。

武藤カオルを殺したあと、車を盗んで大阪に戻ったか、それともタクシーに乗ったかである。

十一月四日前後の盗難車を調べてみたが、東京で盗まれて、大阪で見つかったという車はなかった。

とすれば、新宿で、カオルを殺したあと、タクシーを拾い、大阪へ戻ったことが、十分に考えられた。

四日に、大阪までの客を乗せたタクシーを見つけ出し、もしいたら、新井修の写真を見せることだった。

「ひかり30号」の方は、うまくいかなかった。

三人の車掌は、新井を覚えていなかったのである。それが、当然かも知れなかった。新井が乗っていたとしても、極力、目立たないようにしていたに違いないからである。

タクシーの方は、対象とする運転手が多いので、調べるのが大変だったが、収穫があった。

十一月四日の深夜、新宿から大阪まで客を運んだという運転手が見つかったのである。

三十二歳の若い運転手だった。

十津川の質問に対して、この運転手は、

「確か、四日の夜だったよ。男のお客を新宿から大阪まで乗せて行ったね。気前のいい男でいくらでも出すから、ともかく飛ばしてくれって、いってね。七時間くらいで、すっ飛ばしましたよ」

と、笑いながらいった。

「その男だが、この中にいるかね？」

十津川は、五人の男の顔写真を運転手に見せた。

似たような顔を並べたのだが、運転手はあっさりと、新井の写真を選び出した。

「間違いない。このお客だったよ」

と、若い運転手は自信に溢《あふ》れた声でいった。

十津川は、ほっとした。ともかく、武藤カオルが殺された四日に、新井が東京に来ていたことが証明されたのだ。

5

しかし、これではまだ、不十分だった。

新井は四日の深夜、新宿からタクシーに乗ったことを認めたとしても、武藤カオルを殺したことは、否定するに違いなかったからである。

(大阪で出頭しようと思い、その前にもう一度、東京を見たくて行ったんですよ)

そんな弁明をするに、違いなかったからである。

十津川は、新井が四日の夜、武藤カオルの泊まっていたホテルに入るのを見た目撃者を探す一方、北条刑事の誘拐に一役かったと思われる女、角谷ひろみのことを調べていった。

彼女は、函館での公判の間、向こうにいる気らしく、東京には戻っていなかった。

十津川は、まず彼女の写真を手に入れることにした。

女子プロレス時代の写真と、ブティックを始めてからのものと両方が手に入った。

笠井麻美を自殺に見せかけて殺したのは、彼女に違いない。

新井がもちろん、指示してやらせたのだろう。

その代償は、結婚ということなのかも知れない。

角谷ひろみについて、彼女の周辺の人間に当たる一方、長野の転落現場近くで角谷ひろみを見たものはいないかどうかのきき込みも行った。

角谷ひろみの女友だちで、昔、一緒に女子プロレスをやっていたという、原口《はらぐち》ナオミから面白い話を聞くことが出来た。

ナオミは現在、結婚していて一児の母である。

「ひろみには昔から、強い結婚願望があったわ」

と、ナオミはいう。

「それで、一度、結婚したのかな？」

「ええ。でも、すぐ離婚したわ。外面はいいんだけど、乱暴な男で、女にだらしがなかったの。ただ彼女は、一度結婚に失敗したのに、いぜん結婚したがっていたわ」

「最近、特定の相手が出来たということを聞いていないかね？」

「一ケ月ほど前に会った時、とても嬉《うれ》しそうにしていたわ。今度こそ、幸福になれそうだって」

「なるほど」

「でも、正直にいって、わたしは心配だったの」

「なぜだね」

「そのあと、しばらくしてから、結果はどうなったのかと思って、電話してみたのよ。そしたら、ひどく暗い声で、彼のために死ぬことになるかも知れないというのよ」

「ほう」

「そんな恋愛なんか、止《や》めてしまいなさいっていったんだけど、彼女、黙って電話を切ってしまったわ。そのあと、連絡はとれないんです」

と、ナオミはいった。

その時、恐らく角谷ひろみは、事件に巻き込まれていたのだろう。

これで、角谷ひろみが笠井麻美の死に関係したことは間違いないと、十津川は思った。

更に、長野県下で検問に当たっていた交通係の警官が、東京ナンバーの車を記録にとどめていたことがわかった。

白いカローラで、ナンバーは問題の車のものだった。

盗難車の手配での検問だったら、その場で運転していた人間は逮捕できたのだが、通常の検問だったので、そのまま通過させている。

しかし、このカローラのナンバーを控えた警官は、運転していた女の顔をよく見ていた。

車と一緒に転落した笠井麻美と服装は同じだったが、顔は、違うというのである。

長野県警から、このことを知らされた十津川は、亀井と二人、長野に出かけて行った。

三十五歳のベテランの交通係の警官だった。

彼は、冷静な口調でその時の相手の女の顔立ちを説明した。

明らかに、角谷ひろみの顔だった。

「われわれと一緒に、函館へ行ってくれないか」

と十津川はいい、彼の上司の許可をとった。

函館で、新井の第二回公判が開かれる日、十津川は亀井と、池谷《いけがや》というその警官を連れて傍聴に出かけた。

今回も、新井は自信満々の顔で被告席についている。

正当防衛が認められると、確信している顔だった。

角谷ひろみも、傍聴席に来ていた。

「彼女ですか？」

と、十津川は大声で池谷にきいた。

池谷は、じっと彼女を見ていたが、

「間違いありません」

と、肯《うなず》いた。

法廷が休憩になったとき、十津川と亀井は、角谷ひろみを廊下に連れ出した。

「笠井麻美を、長野で自殺に見せかけて殺したね？」

と、十津川がきくと、角谷ひろみは、

「そんな人は知りませんし、長野へ行ったこともありませんわ」

と、いう。

「では、この人を知っているかな？」

十津川は、池谷を指した。

「いいえ、お会いしたことは、ありませんわ」

「いや、会っていますよ。国道143号線の検問で、私はあなたの車をとめて、検問している。確か、その時、あなたが提示した運転免許証には、角谷という名前があった。私は、人の名前を覚えるのが特技でしてね。ところが、あとで同じナンバーの車が、143号線の崖下《がけした》で発見されたとき、運転席で死んでいた女性の名前は違っていた――」

池谷が喋《しゃべ》っていく中《うち》に、角谷ひろみの顔が、ゆがんできた。

「新井に命令されて、笠井麻美を殺したのなら、情状酌量されるが、君が自分の意志で殺したんだと、重刑になるよ」

と、十津川は厳しい眼で、ひろみにいった。

黙っているひろみに、十津川は更に続けた。

「君は、新井と結婚する気でいるようだが、それは無理だよ。彼は半年前に長野で人を殺し、更に新宿西口のホテルで女を一人殺しているからね。君も、彼と一緒に刑務所へ行きたいかね？」

「――」

「君は北条刑事を誘拐している。下手《へた》をすると死刑になる。それでもいいのかね？」

「あたしは——」

「新井さんに頼まれたんです」

と、角谷ひろみは青ざめた顔で、いった。

「それで、いいんだよ」

と、十津川は優しい口調になって、いった。

6

角谷ひろみは、喋り始めると、何もかも喋った。

新井とは、二年近く前から関係があった。しかし、新井は一度も結婚を口にしたことはなく、ひろみの方は結婚は諦《あきら》めていた。

新井は何人もの女と関係を持ち、ひろみも、その中の一人でしかなかったように見えた。

それが最近になって、新井が急にひろみに対して、結婚したいと、いうようになった。何人もの女とつき合ったが、やはり、君が最高だといわれて、ひろみは嬉《うれ》しくなったという。

恐らく、その頃から、新井は彼女を利用しようと考えていたのだろう。

笠井麻美をあのマンションに監禁するようになったのは、十一月四日からだと、ひろみはいった。

四日に、新井は東京で武藤カオルを殺した。

その時東京で笠井麻美とも出会ったのだろう。笠井麻美が東京で対決しようと大阪のホテルにいる新井に申し入れしたのを、利用したことも考えられる。

とにかく、新井は最後の証人である武藤カオルを殺して、その口を封じ、笠井麻美を自殺に見せかけて殺そうとしたのだ。

「あとは、全部、新井さんの作ったスケジュールどおりに進めたんです」

と、ひろみはいった。

「そうすれば、新井と結婚できると信じたのかね？」

と、十津川はきいた。

「ええ。それに、笠井麻美という人は半年前に恋人が自ら運転を誤って死んだのに、逆恨みして新井さんの仲間を三人も殺した怖い女だと、教えられていましたから」

と、ひろみはいう。

彼女はそんな新井の言葉を全て信じていたらしい。

十津川は半年前の事件のことから説明していった。

長野の143号線で、新井が仲間の岡田たちと面白半分に一人の青年の車を追いつめ、谷底に転落させて、殺した事件からである。

もちろん、十津川の話をすぐには信じられないようだったが、ひろみは北条刑事を誘拐し、笠井麻美を車で長野に運んで車もろとも谷底に転落させたことは、認めた。

「君にそんなことさせる男が、正しいわけがないじゃないか」

と、亀井がいい、その言葉は、ひろみにはこたえたようだった。

休憩時間が終わった。

ひろみのことは、長野県警の池谷にまかせ、十津川と亀井は法廷の中に戻った。

被告席に着いた新井は、相変わらず自信満々に見えた。

が、その眼が傍聴席に向かった時、ふと、戸惑いの色が走った。

角谷ひろみの座っていた場所に、彼女の姿が見えなかったからに違いなかった。

新井は急に落ち着きを失い、きょろきょろと、傍聴席を見廻した。

その視線が、十津川のそれとぶつかった。

十津川がニッコリ笑って見せた。もうお前は終わりだと、宣告するようにである。

新井は更に、落ち着きを失ってしまったようだった。

それまで、ゆったりと構えていたのに、時々、弁護士に注意されたりするようになった。

今、新井の頭の中は不安で一杯だろう。なぜ角谷ひろみが、姿を消してしまったのか、なぜ、十津川が嬉しそうな顔をしているのか、そんな疑問で一杯になってしまった筈なのだ。

「なんとか、これで、亡くなった連中が浮ばれそうですね」

と、亀井が小声でいった。

解説　散り際の「ゆうづる」一瞬の輝き

小牟田哲彦

昭和63年3月に青函トンネルが開通するまで、青森は、本州の鉄道にとって北の絶対的終着駅だった。

北海道を目指す旅客の主流はすでに航空機へと移っていたが、それでも、青函連絡船との接続が考慮された特急・急行列車が多数設定されていた。航空機や新幹線の恩恵を受けない途中駅の利用者にとっては、北海道を目指すにしてもその手前の駅で降りるにしても、とにかく青森まで走る列車があればそれに乗ればよいことになる。

さらに、首都圏では「東北方面の長距離列車のターミナルは上野である」という明治以来の慣習が存在し、社会的に定着していた。かくして、首都圏から東北方面へ向かう長距離列車の多くは「上野発青森行き」とほぼ固定され、「上野発の夜行列車」

は青森が終点であると、歌謡曲のメロディーとともに全国民に認知されるに至った。

この「上野発の夜行列車」は、たどるルートが多彩であった。東北地方の大動脈である東北本線に限らず、内陸部の奥羽本線や日本海沿岸の羽越本線など、さまざまな路線に分散して走り、最終目的地の青森を目指していた。これは、首都圏から関西や九州方面を目指す夜行列車がわざわざ中央本線や山陰本線へと迂回せず、ほぼ一律に東海道本線と山陽本線のみを走破している点との大きな違いである。

常磐線は東北夜行のメインルートだった

そうした多様な「上野発の夜行列車」の中に、常磐線を太平洋沿いに北上する列車が、明治時代から存在していた。上り坂の登攀力に難がある蒸気機関車が牽引する長距離列車にとって、海岸付近を走る常磐線は、内陸部を走る東北本線よりも路線全体が平坦で勾配が少なく、走りやすかったからである。

また、東北本線は磐越西線や奥羽本線へ直通する列車も走ることから、上野から仙台以北へ直通する長距離列車は常磐線を経由したほうが、東北本線の運行密度も緩和される。この事情は、機関車の動力が蒸気から電気になっても変わらない。そうした事情から、上野から仙台以北へ直通する長距離列車、特に深夜帯の停車駅が少ない夜行列車にとっては、かつては常磐線の方がメインルートであった。

その筆頭格が、本作品の舞台となった「ゆうづる」である。昭和40年10月に急行列車から格上げされた際に命名。その前年（昭和39年）に登場した東北本線経由の「はくつる」よりも運行本数が多く、最盛期には一晩に7往復も設定されていた「ゆうづる」は、まさしく上野〜青森間を直通する夜行列車の主役だったと言えよう。

ちなみに、両列車はいずれも、ツルが悠然と空を飛ぶ図柄のトレインマークを掲げていた。タンチョウヅルが生息する北海道への連絡特急としての使命に由来する、と言われている。

東北初の個室寝台は「ゆうづる」に登場

かように「上野発の夜行列車」を象徴する存在だった「ゆうづる」だが、肝心の寝台車両はデビュー当初から一般開放型、つまりカーテン一枚で仕切るだけの車両のみであった。「ゆうづる」に限らず、国鉄は、東海道本線を往来する東京発着の九州方面行きブルートレインにばかり、個室寝台車を集中して投入していたのだ。旅客列車の車内設備のグレードに関する限り、明らかに、東北地方は太平洋ベルト地帯よりも格下扱いだった。

そのような地域格差の伝統を初めて打ち破ったのが「ゆうづる」である。昭和62年3月、国鉄が分割・民営化されるわずか11日前に、毎日運行の2往復のうち1往復に、二人用個室A寝台車が1両だけ連結されたのである。本作品の舞台となる「ゆうづる5号」（青森発の上りは6号）がそれに当たる。

国鉄の個室A寝台はそれまで一人用しかなく、もともとは上級のビジネス客を想定していると言われていた。だから二人用の個室A寝台は、夫婦やカップルなども専用空間でゆったりとした夜行列車の一夜を楽しめるように、という新しい旅のスタイルを世に提示する意味を持っていた。それが、日本全国の個室寝台を独占していた東海道のブルートレインを差し置いて東北を走る「ゆうづる」で行われたのは、日本の鉄道史上画期的なことだったと言ってよい。

「北斗星」に受け継がれた「ゆうづる」の系譜

この新型個室寝台の「ゆうづる」投入が試行的な取組みだったことは、当時の市販の時刻表からも読み取れる。『交通公社時刻表』(現在の『JTB時刻表』)の昭和62年4月号を開くと、登場したばかりのこの新しい個室寝台は、単に「A寝台2人用個室」としか紹介されていない。九州ブルートレインに連結されている格下のB寝台個室には2人用に「デュエット」、4人用に「カルテット」と愛称が付けられているのに、である。

ところが、一年後の昭和63年3月号によれば、開通したばかりの青函トンネルを経由して上野から札幌まで直通する新しい寝台特急「北斗星」に、「A寝台2人用個室」が充当され、「ツインデラックス」という愛称が付されている。実は、この「北斗星」に登場したツインデラックスは、青函トンネル開通後は「北斗星」に移行する前提で「ゆうづる」に連結されていた二人用個室A寝台車なのだ。

しかも、「北斗星」の運行ダイヤ自体が、「ゆうづる」の一部の列車を東北本線経由に振り替えることによって誕生している。つまり、後に北の大地を目指す豪華寝台特急として大好評を博し、平成の世を席巻して平成27年まで走り続けたブルートレイン「北斗星」は、車両もダイヤも、「ゆうづる」の系譜を受け継いでいたことになる。

新しい個室寝台の旅の可能性を予感させた

本作品に描かれている「ゆうづる」の個室寝台の様子は、「北斗星」での本格デビュー以前の、まだ愛称もなかった試験運用的時期の貴重な車内レポートともなっている。

この個室のドアは、内側から、カギが、かかるようになっている。
と、いっても、カンヌキがかかるだけである。
カギ穴はあるが、キーは、渡されていなかった。
従って、外へ出た時は、部屋には、誰でも入れる状態になってしまう。

国鉄時代の東海道ブルートレインでは、個室のカギは乗客に渡されなかった。だから、室内にいるときは内側からカギをかけられるが、トイレや洗面所や食堂車へ行くときは、個室を無人にしたまま部屋を空けなければならなかった。

その方式が、「ゆうづる」でも踏襲されていたのだ。単なる車内設備とサービスの描写だが、昭和62年当時の旅客の安全やプライバシーに対する考え方が、現在と大きく異なっていたことを窺わせる。

個室寝台のカギは「北斗星」以降、旅客に貸与されたり、カードキー方式に改造されたりするようになった。ただ、そうすると、「外へ出た時は、部屋には、誰でも入れる状態」にはならない。「ゆうづる」時代だからこそ、ミステリーの一部となり得たのだ。

一方で、作中の登場人物に、こんな所感を抱かせてもいる。

「さくら」の一人用個室に乗った時は、その狭さに往生したが、こちらは、二人用だけに、かなり広くて、圧迫感はなかった。

「さくら」とは、東京〜長崎間を走る東海道ブルートレインである。室内のテレビやライティングデスクについての細かな説明や、同乗の若い女性の嬉しそうな様子のくだりと合わせて、広々とした室内から、既存の個室寝台とは一線を画した新しいタイプの夜行列車の旅を予感しているようだ。それは、取材で全国の夜行列車に乗ってきた作者自身の感想でもあるのだろう。

だが、本編の末尾に「おことわり」として「寝台特急『ゆうづる5号』および青函連絡船は昭和63年3月12日で運転中止となりました」と注記されている通り、この東北初の個室寝台車は、デビューから一年も経たずに姿を消してしまった。実際には前記の通り、「北斗星」へと発展的に統合して試験的な運用が予定通り終了しただけなのだが、その後、「ゆうづる」に再び個室寝台が連結されることはなく、平成5年11月限りで定期運行を終了している。今は、常磐線に夜行列車が走っていたことを知る人も少なくなりつつある。

トラベルミステリーの第一人者である作者は、個室寝台が長らく東海道ブルートレインの専売特許のような存在だったことを、よく知っていたはずである。その個室寝台が初めて東北の地を走ることにいち早く目をつけ、本作品で初めて、東北の地で個室寝台のトラベルミステリーを実現させた。その先見の明は結果として、明治以来の伝統を持つ常磐線回りの「上野発の夜行列車」が散り際に見せた、徒花のような一瞬の輝きを見事に切り取っている。

（作家）

寝台特急「ゆうづる5号」および青函連絡船は昭和六十三年三月十二日で運転中止となりました。本小説は、それ以前の時刻表によるものです。

【初出】
「週刊サンケイ」昭和六十二年七月三十日号～昭和六十三年二月四日号

【単行本】
昭和六十三年四月　扶桑社刊

本書は、平成二年八月に刊行された文春文庫の新装版です。

文春文庫

寝台特急《しんだいとつきゆう》「ゆうづる」の女《おんな》

十津川警部《とつがわけいぶ》クラシックス

定価はカバーに表示してあります

2020年8月10日　新装版第1刷

著　者　西村京太郎《にしむらきようたろう》

発行者　花田朋子

発行所　株式会社　文藝春秋

東京都千代田区紀尾井町3-23　〒102-8008
TEL　03・3265・1211㈹
文藝春秋ホームページ　http://www.bunshun.co.jp

落丁、乱丁本は、お手数ですが小社製作部宛お送り下さい。送料小社負担でお取替致します。

印刷製本・凸版印刷

Printed in Japan
ISBN978-4-16-791544-5

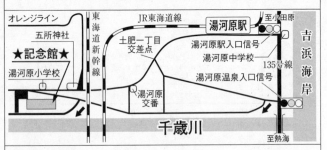